光文社文庫

時代小説アンソロジー

いくつになっても 江戸の粋

細谷正充編

KOBUNSHA

光 文 社

目次

三筋界隈

青山文平

「この御勤めは、給金がようございますよ」

口入れの根岸屋膳兵衛《ねぎしやぜんべえ》が大袈裟《おおげさ》な笑顔をつくって言った。

「いくらだ」

私は訊《き》いた。

「なんと五百文でございます」

「五百文、な」

「不服でございますか」

曖昧《あいまい》、と見えたのだろう。膳兵衛は途端にふくれ顔《つら》になる。

「五日分ではございませんよ。一日分ですよ。こんなべらぼうな年でなければ、米が六升買えるお足でございます。二日で一貫文。八日、続ければ一両です。たった八日で、我々には縁のない小判を手にできる給金なのですよ」

「別に、額が不服なのではない」

放っておけば、膳兵衛はいくらでも喋《しゃべ》り続けそうだ。縁ができて五年になる

が、顔の皺《しわ》が深くなるに連れて、ますます口数が多くなった。武家屋敷に一季奉公で雇われる侍ならば一年勤め上げて三両だとか、中間《ちゅうげん》ならばたった二両だとか、次々と言葉が並ぶのだろう。

「では、御雇い主でございますか」

膳兵衛は鉾先《ほこさき》を変える。

「そりゃあ胸糞《むなくそ》わるいかもしれませんが、しかたないじゃありませんか。そういうお客様だから、これだけ出すのです」

たしかに、胸糞はわるい。この大江戸から消えた米を、買い占めている連中だ。米屋でもないのに、米を蓄え込んでいる。今度の客は油屋だ。その前は干鰯《ほしか》屋で、またその前は太物《ふともの》屋だった。

江戸に米を行き渡らせるために、どんな店でも米を扱っていいと、御公辺《ごこうへん》が仕法を替えた始末がこれだ。

お蔭《かげ》で、膳兵衛が言ったように、二年前なら百文で優に一升は買えた米が、天《てん》明《めい》七年五月のいまは三合しか手に入らない。店の名を聞くだけで、知らずに顔が険しくなろうというものだ。

とはいえ、だから、用心棒の日傭《ひよう》取《と》りが嫌というわけではない。

打ち壊しにやってくるかもしれない者たちと一戦交えるのであれば嫌に決まっているが、もとより、店を守るつもりなどさらさらない。

彼らが押し寄せてきたら、直ぐに道を明ける。それどころか、一緒になって店を打ち壊せばいいだけの話だ。これまでも御勤めを請けたときは、はなっから給金だけもらうつもりだった。

なのに、知らずに煮え切らない返事になったのは、一つは、かつては大いに驚いた五百文という額が、珍しくもなくなったからだ。

下総国《しもうさのくに》佐倉《さくら》藩十一万石の、江戸屋敷御用達《ごようたし》の米屋が、数十人の足軽が守っていたにもかかわらず、一気に蹴散《けち》らされてから、用心棒の相場は跳ね上がった。悪名高い米屋、万屋作兵衛《よろずやさくべえ》への打ち壊しを御番所《ごばんしょ》が阻止できなかったことも手伝って、いまでは一日六百文の声も聞く。天明の飢饉《ききん》は、少なくとも、江戸にいる腕に多少の覚えのある浪人にとっては、ひび割れた土地に降る雨だ。

だからといって、その雨を、手放しで慈雨《じう》と喜べるはずもない。

江戸は、生まれ育った土地にいられなくなった者たちを、全国から吸い寄せてきた。

そうして日傭取りになり、棒手振《ぼてふ》りになった裏店《うらだな》住まいたちの活計《たっき》は、けっし

て暮らしに波風《なみかぜ》は立たないという、ありえない前提で成り立っている。

そのいちばん大きな波が、米の値だ。貧しい者ほど、ひたすら米で腹を膨らませる。飯が米なら、おやつも米だ。二、三割上がっただけで、商売物の仕入れの金にも事欠くのに、四倍になって持ち堪《こた》えられるわけがない。

大川《おおかわ》に架かる橋からは、いよいよ喰えなくなった者たちが、まるで水遊びでもするかのように身を投げる。どこの寺といわず、門前を行けば、仏の前で救われようとした骸《むくろ》をいくらでも目にしなければならない。

打ち壊しに加わる者たちは、明日は大川に飛び込んでいるかもしれない連中だ。路上で骸になっているかもしれない連中だ。どんなに懐《ふところ》が寂しく、米粒から遠ざかっていようと、五百文の用心棒話に喜色満面になるほど、まだ私は狂っちゃいない。請けるにしても、請け方というものがある。

「で、どうされるのですか。請けるのですか。お断わりになるのですか」

膳兵衛は切り口上で言う。

「請ける」

むろん、請けるに決まっている。まだ、死ぬつもりがない以上、請けなければならない。凌《しの》がなければならない。

こういう御時世である。膳兵衛のところにも、他の目ぼしい日傭取りの話はないようだ。真っ当な御勤めはなく、五百文の用心棒話だけがある。

私はあらためて、いよいよとなったときは打ち壊し衆の一人たらんとする気持ちを新たにした。

「三食付きでございますよ。泊り込みですから、五百文はそっくり残ります。とりあえず十日。成り行き次第ではもっと長くなるはずです。稼ぎどきでございますよ！」

一転、膳兵衛はからからと笑った。

雇われ先では、昼も夜も鰹《かつお》が出た。

奢《おご》ったのではない。

この年の春夏は前代未聞《みもん》と呆《あき》れられるほど鰹が豊漁で、目ぼしい橋の界隈《かいわい》へ行けば、塩を振った鰹の生利節《なまりぶし》を、一本たった四文で買い求めることができる。蕎《そ》麦《ば》切り一杯の三割にも満たない。

私もこの二月《ふたつき》、鰹だけで喰い繋《つな》いできた。

米はないのに、鰹はあった。

さすがに、うんざりしていたところへ、また鰹だ。給金を弾む代わりに飯代を削っているのは見え見えで、飯は売り物の白米ではなく、大根や薩摩芋《さつまいも》、大角豆《ささげ》なんぞを交《ま》ぜ込んだ粥《かゆ》だった。

だから、というわけではなく、私は約定《やくじょう》の十日を終えると、直ぐに江戸橋にあった雇われ先を後にした。

雇い止めに遭ったのではない。

たしかに、私が油屋に詰めているあいだに、打ち壊しは鎮《しず》まろうとする兆《きざ》しを見せた。

無策だった御公辺はようやく御救いを決めて、窮民たちに三匁《もんめ》ばかりの銀を配ったし、半値での米の割当販売も始まった。町のあちこちで施行《せぎょう》も行われ出した。近々、関東郡代《ぐんだい》の伊奈忠尊《いなただたか》が二十万両の公金で買い集めた米が、江戸へもたらされるとも聞く。

でも、御救いの銀三匁は、たかだか銭二百文だ。それに、米を半値で売るとはいっても、いちばん高値だったときの半値だから、二百文では一升二合しか買えない。ふだんと比べればまだ倍で、親子三人なら、わずか一日で消えてなくなる。

兆しはあくまで兆しであり、米を抱え込んでいる商人が、用心棒に安心して暇を出せるほどに、物騒が収まったわけじゃあなかった。

なによりも、本来なら頼みにする御番所は、相変わらず、取り締りの矢面《やおもて》に立とうとしない。

そして、さすがに米を買い占めようとするだけあって、商人たちはその理由が分かっている。目端《めはし》が利《き》く者ほど、御番所を当てにはしなかった。

御番所という役所が、動かないのではない。町奉行の曲淵景漸《まがりぶちかげつぐ》という一人の男が、取り締ろうとしないのである。つまり、曲淵が頭《かしら》でいる限り、けっして御番所は動かない。

瓦版《かわらばん》は、幕閣から曲淵がその無為を問い詰められたと書き立てている。にもかかわらず、出張《でば》ろうとしないのは、己の経歴に、鎮圧に失敗したという汚点を記《しる》したくないからだろう。

国にいたときも、そういう上司がいくらでもいた。

取り締りにしくじるくらいなら、取り締らないほうがよい、というわけだ。

いよいよ取り締らざるをえなくなっても、けっして先頭には立たない。

自ら出張らない限り、失敗は配下の力不足で済ますことができる。けれど、出

張れば、己の失敗だ。

たとえ御番所として失敗し、町奉行の座を追われたとしても、己の失敗でない限り、いずれ返り咲く目もある。だから、曲淵は、絶対に馬に跨《またが》らない。往々にして、こういう手合いが、能吏《のうり》とか、切れ者とか言われる。

油屋もそれを承知しているから、あと五日延ばすと、膳兵衛に伝えた。

私の気持ちも少しは動いた。十五日勤めれば、七貫と五百文。ほとんど二両だ。世の中がどう動くか分からんときに、二両の手持ちは大きい。

でも、そうしなかったのは、三日前に結構な雨が降ったからだ。

私は、浅草阿部川町《あさくさあべかわちょう》に住まっている。裏店ではなく表店《おもてだな》で、直ぐ一本南の通りには、御公辺の番方《ばんかた》の筆頭である、書院番組《しょいんばんぐみ》に仕える同心たちの組屋敷が広がる。

斡旋《あっせん》してくれたのは、やはり膳兵衛で、私が「表店の家賃など払えるはずもない」と言うと、「ここは格安でございますよ」と答えた。「なにしろ、三筋《みすじ》ですから」。

三筋というのは、私の暮らす浅草阿部川町と書院番組組屋敷、そして隣り合う大番組《おおばんぐみ》組屋敷と元鳥越町《もととりごえちょう》の一帯の俗称である。人によっては、東の境を流れる

新堀《しんぼり》の向こうの寺町まで含むという声もあるから、ま、その辺《あた》りとおおまかに見当をつけておくくらいがよいのだろう。

で、なんで三筋の家賃が安いかというと、水が出るのである。

新堀の幅は狭く、川というより堀割に近い。そして、広く雨水を集める浅草田圃《あさくさたんぼ》を源にしている。おまけに、三筋一帯は土地が低いときているから、長雨にでもなると直ぐに溢《あふ》れて水浸しになる。

膳兵衛は当初、「とはいっても、天下の御書院番の組屋敷があるくらいですから……」と言葉を濁した。どうしてもそこを借りたかった私は、だから、水が出るとはいってもたいしたことはないのだろうと、解釈したいように解釈したが、実際に移ってみればとんでもなかった。

私の借りた表店がある界隈は、低い三筋のなかでもとりわけ低く、たいした雨でもないのに濁った水が床を洗った。水が引くと、冗談ではなく、泥に塗《まみ》れた床板の上で鯉《こい》や鮒《ふな》がばたばたと跳ねた。

人によっては笑うかもしれぬが、私は笑えなかった。私にとって、その床板は大事な床板だったのだ。

そこは、元はといえば近場の寺の道具置き場だったのだが、私が借りてからは

道場となった。

江戸へ出て五年、旗本屋敷での一季奉公やら用心棒やら提灯貼《ちょうちんは》りやら、江戸の浪人がやる御勤めをひと巡りした私は、四十を三つ回った去年の秋、本物の一文なしになる前に、剣術を教えて凌いでいこうと、一念発起して道場を開いたのだった。

近所の住人の話によれば、その道具置き場のある土地は、元は周りよりも高いくらいだったが、去年七月、あの永代橋《えいたいばし》が流された大風雨で幾日も水に漬かり続けた後に、突然、沈み込んだということだった。なんのことはない、寺の者たちが、使いものにならなくなった道具置き場をどう始末すべきか、頭を寄せ合っていたとき、是非、借り受けたいと手を挙げたのが私だったのだ。

世間から見れば、とんだ貧乏籤《くじ》を引かされたということになるのだろうが、後から振り返っても、私はその籤を引くしかなかったと思う。

この江戸で、道場として使える広さの建物を私の懐で借りることができるとしたら、まちがいなくそこだけであっただろうし、寺道具を置いておくべく普請《ふしん》された基礎は頑丈で、補強する必要もなかった。私は、まさに私のために、沈んでくれたと思ったほどだ。そこは、江戸に出て以来、私が初めて得た、自分の居場

所だった。

だから三日前、油屋の屋根を雨が叩《たた》くと、私は寝つけなかった。

いくら考えないようにしても、脳裏に床板を呑《の》む水が浮かび、引いた後にへばりつく泥が浮かんで、一刻も早く、掃除をしたいと思った。きれいな水で泥を洗い流し、固く絞った雑巾《ぞうきん》で、力一杯、磨くように、床板を拭《ふ》きたかった。

それからはずっと、私はなにごとにも上《うわ》の空で、十日の御勤めが明けると、二両の給金のことなどすっかり忘れて、浅草阿部川町を目指したのだった。


江戸橋から浅草阿部川町へは、浅草御門を通る。

茅町《かやちよう》、瓦町《かわらまち》と歩を進めると、ほどなく鳥越橋が見える。

渡ると、右手は幕府御領地からの年貢米《ねんぐまい》を受け容《い》れる浅草御蔵で、私は足早になって左手の路地に分け入る。米俵を積んだりする様子が目に入ると、どうしても国を出ることになった謂《い》われが思い出されるのだ。

路地を抜け、幽霊橋で新堀を跨ぐと、そこはもう元鳥越町で、引っ越してまだ一年にもなっていないのに、帰ってきたという気になる。

元鳥越町は、浅草聖天町《しょうでんちょう》に移るまで刑場があった土地で、つまりは当時の江戸のどん詰まりだった。

といっても、百年よりももっと前のことなのだが、私の目には、町の佇《たたず》まいが往時の記憶をとどめているように映った。その外《はず》れ具合が、田舎者には落ち着けるのかもしれない。

はたして水はどうかと案じつつ、新堀の右岸を歩く。堀割のような川に釣り合って、路幅《みちはば》が狭い。

この二日《ふつか》はよく晴れていたのに、路《みち》は黒く湿って、昨日あたりまではまだ水が出ていたことを伝える。

あらためて、江戸は水の町だと思う。

江戸へ出てきて、いちばん驚いたのは、どんなに歩いても町が切れないことと、その町に水路があることだった。

どこに行くにも船が使えて、岸辺には蔵が建ち並んでいる。

江戸者は当り前と思っているだろうが、私の国でこんな真似《まね》をしたら、城下はたちまち水浸しになる。

それだけに、水の流れを自在に御《ぎょ》しているかに映る江戸は驚異だった。直ぐ側《そば》

を大川という大河が流れているというのに、相応の堤《つつみ》がなく、建物も基礎上げをして氾濫《はんらん》に備えることがない。

国にいた頃、私は川除《かわよけ》普請に当たっていたことがあった。元はといえば番方だったが、三十の半ばで役方《やくかた》に回り、その初めての御役目が川除普請だった。

と言えば、暴れる川をなんとか手なずけて、洪水の怖《おそ》れを絶つべく努めてきたというふうに聴こえるだろうが、事実はむしろ逆だ。

年貢米の収量を上げるためには、畑にしか使えない土地を、田に替えなければならない。つまり、水を使えない土地を使えるようにするということだ。

で、川を付け替える。

川の流れを変え、川を畑に近づけて田にする。川は限りなく田に、人家に寄り添うから、ひとたび堤が破れれば、厄災は惨《むご》いものになる。

最初から分かっていることだが、国にとって最も重要なのは、一粒でも年貢米を増やし、それを大坂や江戸に回米して銀や小判に替えることだった。あらかたの国と同じように、私のいた国の内証も火の車だった。

それが、仕方のないことと、では済まないのを思い知らされたのは、五年前に国を襲った大洪水で、何十軒もの百姓家がまるで難破船のように濁流に運ばれるの

を、為《な》す術《すべ》もなく見ていたときだった。

その年、新任の郡奉行《こおりぶぎょう》となった私は、迷うことなく水に呑まれた村々の年貢を免除し、それまでの年貢の未納分も破棄した。

背中を押したのは、まちがいなく贖罪《しょくざい》の意識だが、けっしてそれだけではない。

年貢の未納分に対して、藩は利子を取る。膨らんだ未納分を納めれば、当年の年貢に当てる米がなくなるので、また未納分とその利子が上乗せになる。おのずと、潰《つぶ》れ百姓が次々に生まれ、つまりは耕す者のいない田が増え、その分の年貢を村が肩代わりさせられるから、さらに村全体が疲弊していく。

これもまた、誰もが間違いと分かり切っていながら、誰も手を着けずにきた流れであり、どこかで断ち切らなければならなかった。

結果、私は就《つ》いたばかりの役を解かれ、そして召し放ちになった。

私は、己の独断を、罪と認めなかった。それは、独断よりも重い罪だった。

江戸の水路のからくりのほうは、浅草阿部川町に移り、初めて日本堤《にほんづつみ》に足を延ばしたときに、仕掛けが分かった。

日本堤は、本来、吉原へ通うための土手路《どてみち》ではない。その名のとおり、堤であ

る。

それも、大川の対岸の隅田堤《すみだづつみ》と組み合わさって、漏斗《じょうご》の形を成している。その口から出る流れが大川だ。

どんなにたくさん注いでも、漏斗の口からは水は決まった太さでしか流れない。漏斗が受け切れずに溢れるとしたら、上の注ぎ口からだ。

江戸もそうなっている。大川の水量を一定に保って、縦横に水路を張り巡らせるために、豪雨のときは、日本堤と隅田堤でつくる漏斗より上流を、溢れさせることにした。

それが、明々となったのが昨年七月の大風雨だ。漏斗の直ぐ上だけでなく、上流の荒川《あらかわ》流域が氾濫原となり、実に中山道《なかせんどう》の上尾《あげお》までもが湖と化した。

いま私が歩く路に沿って流れる新堀も、この水の都のからくりと無縁ではない。新堀の源の浅草田圃は、石神井用水《しゃくじいようすい》を引いた穀倉の地であると同時に、もしも水が日本堤を越えたときに、遊ばせておくための池でもある。新堀はその水抜き路なのである。

その意味では、この三筋にしても、からくりと関わっているのだと思いつつ、私は歩を進める。

幽霊橋から道場まで、路半ばの辺りに薬師橋《やくしばし》が架かる。

もしも、道場がいまも水に漬かっているとしたら、橋の先の路に水溜《みずたま》りが見え出す。

幸い、水溜りはないが、目を凝らせば、まだ土はたっぷりと水を孕《はら》んでいるようだ。あるいは、明け方近くまでは、路は水の下だったのかもしれない。

三筋のなかでも最も低い土地、ということは、最後まで水が残る土地ということでもある。おのずと、道場の周りにはいろいろなものが流れ着く。そして、水が引くと、こんなものがと思うものが残る。

いちばん、あってほしくないのは、なんといっても骸だ。江戸の水路は、飢饉ならずとも、繁《しげ》く骸を浮かべる。

まだ移って十月《とつき》なのに、出くわしたことが二度ある。

一度は、いま、まさに歩いているこの路を塞《ふさ》いでいた。

仏になってから日が経《た》っていたらしく、人の形からは随分と外れていて、それからしばらく、私の胃の腑《ふ》はまともに働かなかった。以来、この路だけは、目を真っ直ぐに前に据えて、歩くようにしている。

薬師橋の次の抹香橋《まっこうばし》が架かる角を左に折れると、道場のある通りになる。

前方にその抹香橋を認めて、さらにしっかりと路を見据えたが、鮒一尾《び》見えない。

私は安堵《あんど》して足を動かし、角を曲がった。

道場の周りだけはまだ水が残っているかもしれないが、さすがに床よりは下だろう。視線を延ばして、道場の辺りの様子を探る。

と、私の目は、そこにあるはずのないものを捉《とら》えた。

水は見えない。引いている。それはよいとして、露《あらわ》になった土の上に、黒い塊《かたまり》がある。

まさか、と思う。

よりによって、それはあるまい。

道場の真ん前だぞ。

どうか、ちがうものであってくれ、と念じながら、ゆっくりと足を送った。

けれど、道場が近づくに連れ、願いは霧散してゆく。

なによりも、黒い塊から二本、突き出ている棒は、もはや刀でまちがいない。

武家がぴくりとも動かずに、横たわっているのだ。

私は覚悟を決め、急ぎ足になった。

怖れていたのは、骸だ。

しかし、まだ、骸と決まったわけではない。

武家はまだ、息があるかもしれない。

面倒は避けたいと思いつつも、体は勝手に動いた。

近寄っても、武家から腐臭は届かなかった。

腰を落としてたしかめてみると、脈は細いものの、まだ息絶えてはいない。

なにはともあれ、町役人に届け出ようと、私は自身番《じしんばん》へ向かった。行き倒れの始末は町の領分だ。

けれど、着いてみれば、番人は出払っていて、しばらく待っても戻る様子がない。

五月の末とはいえ、このまま水に濡《ぬ》れたままにしておいたら、武家の体は冷えきって脈が止まるかもしれない。

それに気づいていながら、なお、放置し続けるのも寝覚めがわるく、私は四半《しはん》刻《とき》と待つことなく道場へ戻った。

なぜか、離れているあいだに男が消えているという筋も頭を過《よぎ》ったが、やはり男はそこにいて、私は道場内の寝起きしている部屋に運び込んだ。そして、濡れた着物を脱がせて拭き、乾布《かんぷ》で擦《さす》り、衣替えで仕舞い込んでいた袷《あわせ》を着せて、布団《ふとん》の上に寝かせた。幸い、床は泥で汚れていなかった。

武家は六十の半ばは越えているように見えて、両手で抱え上げてみると、異様に軽かった。小柄の上に、もうずっと、ろくに食べていなかったのだろう。肉は薄く、掌《てのひら》には、痩《や》せた鶏《とり》のような感触が伝わって、なんともやるせなかった。武家は武家でも、喰い詰め浪人であることは明らかだった。

当初は、ここに置いていても医者に診《み》せる金があるわけでなし、応急の措置を済ませたら、あらためて自身番に届けようかと思っていたが、行き倒れた喰い詰め浪人が、この時節、自身番でどんな扱いをされるかは想像するまでもない。とにかく、意識が戻るまでは付き合わざるをえんだろうと、腹を括《くく》った。

自身番で薬を飲ませるにしても、ひと粒でなんにでも直ぐに効くという触れ込みの丸薬《がんやく》くらいだろう。薬は飲ませた、という言い訳のためにあるような薬だ。あれなら、自分の漬けた白朮酒《びゃくじゅつしゅ》のほうがよほど効く。浅草田圃の畦《あぜ》で摘んだオケラの根を煎《い》ってから焼酎《しょうちゅう》に漬けたもので、医者にかかれない私は胃弱といわ

ず風病《ふうびょう》といわず、すべて白朮酒の世話になっていた。

浅草阿部川町に移るまで、私は本所南割下水《ほんじょみなみわりげすい》の裏店に住んでいた。そのときは大横川《おおよこがわ》を越え、押上村《おしあげむら》辺りまで足を延ばして、晩秋の野にオケラを探し求めた。オケラは花が落ち、葉が枯れる頃が最も根が太くなる。どこに暮らしていようと、私はオケラだけは欠かさずに採集し、白朮酒をつくり続けた。なんの根拠もないが、白朮酒をつくっている限りは、自分は大丈夫なのだという漠とした想《おも》いがあった。

その日、終日、男の瞼《まぶた》は開かなかった。眼窩《がんか》が大きく窪《くぼ》み、頰の削《そ》げた男の小さな顔に目を遣《や》っていると、このまま仏になってしまうのではないかと危惧《きぐ》した。男はいかにも、三途《さんず》の川を行きつ戻りつしているかに映った。流れに抗《あらが》っているのではない。むしろ、男は行きたがっている。けれど、寿命というやつが不承知で、なかなか進まないかのようだった。

そのうちに陽《ひ》が落ちて、夜が更《ふ》けると、仄暗《ほのぐら》い行灯《あんどん》に浮かぶ男が、自分の何十年後かの姿にも見え出した。

その日、その日を、どうにか遣り過ごしているうちに、ある日、突然、どうにもならなくなる。あるいは、どうにかしようという気が失《う》せる。どうにもならな

いうちはまだよいが、どうにかしようとしなくなると、もう歯止めがない。四十四の私とて、そのときを想うことがある。突《つ》っ支《か》い棒《ぼう》の外れた己を、怖れることがある。その怖れる姿が、目の前にあった。

私は特段、踏ん張る力が強いわけではない。独断で農政の仕置きをし、国を離れる羽目になったが、好んで、禄《ろく》を離れたわけではない。従前からの信念に基づいて、村々の年貢を免除し、未納分を破棄したわけではないのだ。私は元々番方として、もっぱら剣に親しんできた〝剣術遣《つか》い〟だった。慣れぬ役方に回って、目の前で起きている筋違いを、なんとかしようともがいているうちに、ああいう仕儀に至ったのである。

江戸に出てからも、国での振舞いを悔いたことはいくらでもある。独断で年貢を免除したのはよいとして、なぜ、それを罪と認めなかったのか、いまでも考える。考えても詮《せん》ないことを、ぐだぐだと考える。

認めてさえいれば、役は解かれても禄まで失うことはなかった。慣れぬ江戸へ出て、日々の食い扶持を探し回ることはなかった。いまは、まだ、いい。四十代の体があるうちはいい。が、五十になり、六十になった自分が、どう己を保っているのか、あるいはいないのか、皆目《かいもく》、分からない。

あのとき、私は既に四十に届こうとしていた。若気の至りとは言えない。罪と認めて、頭を低くさえしていれば、そのうち周りの状況も変わったかもしれない。藩政は、もうどうにも行き詰まっていた。重役の顔ぶれが入れ替わることは十分に想像できた。ただ一人、いまも時折、顔を合わせる江戸屋敷の同輩の話では、近々、国元で御主法替《ごしゅほうが》えがあるらしい。となれば、私を召し放ちにした面子《めんつ》も一掃されよう。

なぜ、我慢が利かなかったのか。罪とは思えぬ、と言い張ったのか。あれは、ただの依怙地《いこじ》ではなかったか。私は昏睡《こんすい》を続ける男の枕元《まくらもと》で、いじいじと、声にはならぬ繰《く》り言《ごと》を並べた。

私の発する雑音に、冥土《めいど》への旅を邪魔されたのか、男は翌日の午《ひる》近くにこの世に戻ってきた。

私は、男の背を抱え、少量の白朮酒を含ませた。私にとって白朮酒は万能の薬だが、本来は胃薬だ。弱った体に滋養を補うためにも、まずは胃を働かせなければならない。

男は口を湿らせるようにして飲み下し、私が男の背を布団に戻すと、「白朮酒ですか」と言った。「びゃくじゅつしゅ」ではなく、「ひゃくしゅっしゅ」のよう

に聴こえた。それが、私が聞いた、最初の男の声だった。

「ご存知ですか」

私は言った。白朮酒はまず店では売っていない。自分でつくるか、誰かがつくったものを分けてもらわなければならない。

「自分も、つくっておりました」

男は答えた。なぜか、白朮酒をつくる者は、武家に多い。

「ならば、お分かりでしょう。私の白朮酒はいい加減です」

自分でつくっていたのなら、舌に乗せたとき、おかしいと感じたかもしれないと思いつつ、私は続けた。

「薬研《やげん》がないので、煎ったオケラを粉には碾《ひ》けず、適当に叩いてそのまま焼酎に漬けます。薬研は、買うには少々高い」

「そうですか」

男は受けてから、ひとつ息をついて言った。

「差し上げたかったが……。この春、つくるのを止《や》めまして、処分してしまいました」

男の声は変わらずに細かったけれど、音はだんだんくっきりとしてきた。

「なにか他に、いい薬酒を見つけられましたか」

「いえ」

直ぐに、男は答えた。

「もう、薬はいいような気になりまして」

そこなのだろう、と私は思った。

今春のいつかは知らぬが、男はその頃から、どうにかしようとしなくなったのだろう。体が不調になっても治そうとする気が起きず、不調が広がるのを、見過ごすようになった。

「もしも、胃が受けつけるようなら、粥などつくりますが、いかがですか」

私は、話を替えた。

「誠に、かたじけない」

男は小さく首を動かしてから続けた。

「しかしながら、お許しが得られるなら、いま一度、このまま休ませていただきたい」

「もとより。お望みのように」

「されば、お言葉に甘えて……」

男はそう言いつつ、目を瞑《つむ》った。しかし、直ぐにまた開いて、力なく唇を動かした。

「自分は、生きているのですね」

私はゆっくりと頷《うなず》いた。


男が再び目覚めたのは、翌日の朝五つの頃だった。

ようやく土が乾きかけてきたのに、雲が垂《た》れ込めて厚みを増していく。

つい、空に気が行ってしまう私に、男は寺崎惣一郎《てらさきそういちろう》と名乗った。そして丁寧に礼を述べたが、生国《しょうごく》は語らなかった。

そこそこに回復した様子なので、例によって白朮酒の入った杯《さかずき》を手渡してから、粥に、昨日買い求めておいた鰹の生利節をほぐしたものを少しだけ添えて出してみる。

頭を深く下げてから箸《はし》を取った男は、粥を含み、生利節をひとつまみ口に入れると、驚いた顔を浮かべて、「鰹ですか」と言った。

「こんな、高価なものを」

「いやいや」

直ぐに私は言った。

「高価などではありません。半身の生利節が六文です」

さすがに、四文ではなくなっていたが、まだまだ十分に安かった。

「六文……」

この春夏、江戸の貧乏人は鰹で喰い繋いでいた。鰹の豊漁を、知らぬ者はいない。それを知らぬのは、男が、世間に目を閉ざして日々を送ってきたということだった。

もう一度、「六文」と呟《つぶや》くように言うと、男は、鰹の値を知らなかった仇《あだ》でも討つかのように箸を動かした。

瞬《また》く間に椀《わん》と小皿が空になって、私は「いま少し、いかがか」と問う。当然、所望すると思ったが、男は「いや、もう十分」と言って椀を置いた。そして、ふっと息をついてから、言葉を繋げた。

「このところ、人とも言えぬ暮らしをしておりました」

男の着ていたものを洗ったときにも、それは察した。泥水で流されたからだけとは思えぬ汚れ方をしていて、あるいは男は、住む処《ところ》を失っているのかもしれ

ぬと推《お》した。

「もう、これまでと投げ出しつつも、一方で、これではいかんと踏みとどまる気持ちも、微《かす》かではありますが残っていたようで……」

ためらいつつも、男は話を続ける。

「幾日前になるのか、己を叱咤《しった》して、浅草の諏訪町《すわちょう》の口入れへ足を運びました」

「口入れ、ですか」

諏訪町ならば、膳兵衛とはちがう。膳兵衛の店は向柳原《むこうやなぎわら》にある。とはいえ、いまはどこの口入れも、事情は同じだろうと思いながら、私は言った。

「いまある御勤めは、用心棒くらいのものですが……」

男に用心棒勤めは、いかにも無理と見えた。

「そうでした」

腹を据えたのか、男は淡々と話した。

「口入れからも、そのように言われまして。ひと目、見ただけで、そういうわけでいま御勤めはない、と断わられました。門前払いです」

「さようですか」

男は意を決して、事《こと》の次第を語ろうとしているのだろう。とにかく、聞くだけ

は聞かなければと、私は思った。

「以前ならば直ぐに引き下がるところですが、これが最後と、覚悟してのことです。己を奮《ふる》い立たせて、きっと役に立てると、主《あるじ》に喰い下がりました」

そのときの男の気持ちは、痛いほどに分かった。男は崖《がけ》っ縁《ぷち》にいたのではない。既に崖を落ちている。その落ちた処から、這《は》い上がろうとしていたのだ。

「実は、なかなか信じていただけないでしょうが……」

男は言いにくそうに続けた。

「自分は、梶原《かじわら》派《は》一刀流の仮名《かな》字《じ》を得ております」

一瞬、聞き間違いかと思った。一刀流系の仮名字は、人を指南するまであと一歩の段位であり、そして、梶原派は、一刀流のなかでも道場剣法から距離を置いた、実戦を重んじる流派だった。いやしくも剣を知る者ならば、梶原派一刀流の仮名字には一目《いちもく》も二目《にもく》も置く。小さく、痩せて、老いた男からは想像すらできなかった。

「いまさら語ることでもありませんが、ここは、腕自慢でもなんでもしなければならぬと、必死になって己の手練《てだれ》ぶりを説きました。なんとしても、分かってもらおうとしました」

そのときはもう、私は、嘘《うそ》ではないと感じていた。最初はあまりに掛け離れていたため啞然《あぜん》としたが、言われてみれば、男の瞳《ひとみ》の奥になお宿る光は、鍛え抜かれた剣士のものにちがいなかった。こんな状況なのに、梶原派一刀流の仮名字がどんな剣を遣うのか、ふつふつと関心が湧《わ》いた。

「けれど、口入れの返事は変わらなかった。これだけ言っても信じてもらえぬのか、と問い詰めると、そういうことではない、と申しました。信じる、信じぬの問題ではないと」

「どういうことでしょう」

「剣の腕はどうでもいいそうです。どうせ、打ち壊しの衆に刀を振るえるはずもない。雇い主に気に入ってもらうには、いかにも強そうに見えることが大事だとのことでした。いかに強かろうと、自分のように貧弱で、みすぼらしく、齢《とし》を喰っている者を送ったら、なんだ、あの口入れは、という始末になる。実は強い、などというのは駄目で、分かりやすさが一番である。だから、斡旋はできぬときっぱりと告げられました」

いかにも天明だと、私は思った。そうなのだ。慶長《けいちょう》から百七十年が経ったこの天明の世では、実は強いことにはなんの価値もない。剣を究《きわ》めようとする者の

みが尊ぶ梶原派一刀流よりも、町人でさえ多くが知っている中西《なかにし》派一刀流のほうが断然上になる。修めた流派を問われて答えたとき、誰からも感心される流派こそが強い流派なのだ。皆が知っていることにこそ、価値がある。

「そう聞いても、自分は腹も立たなかった。もっともだとさえ思いました」

男の声は、妙に平《たいら》かだった。

「もはや向かう処もなく、ふらふらと、昔、暮らしたことのある三筋のほうへ足が向いて。気がついたら、目の前に濁流と化した新堀があったというわけです」

先刻、私は男から寺崎惣一郎と名乗られたが、覚えるつもりはなかった。たまたま、急場の世話はさせてもらった。しかし、それも意識が戻るまでの関わりである。名を覚えたとて、なにがどうなるものでもなく、却《かえ》って事が厄介になるだけだ。名乗りは男の礼儀として受け止め、覚えぬまま別れるつもりだった。でも、いま私ははっきりと、己の胸に寺崎惣一郎の名を刻んだ。いまにも水粒《みつぼ》を吐き出しそうな雲も、もう気にならない。

「ところで……」

寺崎氏《うじ》は己のことを語り終えると、道場に目を遣って言った。

「こちらは道場でござるか」

寝起きする部屋と道場のあいだに襖《ふすま》等はなく、衝立《ついたて》を置くようにしている。けれど、いま、そこに衝立はなかった。

「いかにも」

門弟がいないため、衝立で仕切る必要がなかったのだ。

「失礼ながら、御門弟は」

「おりません」

寺崎氏に倣《なら》って、私もまた正直に語った。

去年の秋に道場を開いて以来、誰一人として門弟がいなかったわけではない。延べで言えば、十名近くはいた。いっときは、二名が同時にいたこともある。が、その虎《とら》の子の十名も結局居着かず、いまは誰もいない。

私はこの道場を開くとき、さまざまに己を騙《だま》した。水が出るのを分かっていながら、出るにしてもそれほどではないと説き伏せたのもそうなら、最寄りに書院番組の組屋敷があるので、番士たちが集まるかもしれぬと唆《そそのか》したのもそうだ。

旗本のなかの旗本である書院番の番士が、浅草阿部川町の組屋敷なんぞに住むわけがない。彼らは愛宕下《あたごした》辺りの然《しか》るべき立派な屋敷に住んでいる。組屋敷に暮らすのは、番士に仕える同心だ。

その同心たちにしたって、ひと雨降れば水に沈む、元道具置き場の道場なんぞには目もくれない。同心たちだけではない。無名も極まる道場は、この世にないと同じなのだ。

あるとき、口入れの膳兵衛が、「目録を売ったらいかがですか」と持ち掛けてきたことがあった。

「大店《おおだな》のなかには、次男、三男を武家にしておこうとする者が多うございます。金子《きんす》を積んで、形だけ武家の養子になるのですが、さすがに養父のほうでも、からっきし剣ができない者を養子に迎えるのは世間体がわるい。で、まあ、ちょこちょこっと手解《てほど》きして、目録を与える道場が重宝がられているのでございます」

そんな邪道に手を染めることが許されるのか、私はさんざ悩んだ。

いっときはよくても、長い目で見れば、道場の看板を毀損《きそん》するだけだろう。やはり、正道を行くべきだ。いや、そうはいっても背に腹は替えられない。肩書きを飾るための入門とはいえ、それもまた剣の道への入り口にはちがいない。やりようによっては、一概に否定すべきものではないのではないか……。

その三日後、悩み続ける私に膳兵衛は言った。

「先日のお話、さる大店の主人に話してみたのですが……」

まだ結論は出していない。早まったことをしてくれたと焦《あせ》る私に、膳兵衛は続けた。

「やはり、無名の道場では具合がわるいということで。申し訳ございませんが、あの話はなかったことに」

最後に、門弟の姿があったのは、この二月だ。

もう三月《みつき》、私以外の人影はない。

私は膳兵衛の世話になって、日傭取りをしつつ、道場を維持している。

この道場は絶対に潰さない。いや、潰せないのだ。

「いまは、門弟はおりませんが……」

努めて平静を装《よそお》って、私は寺崎氏に言う。

「いろいろと考えております」

いろいろと考えていることに嘘はない。ただ、策がなにひとつ出ないだけだ。

「さようですか」

寺崎氏は一音一音を嚙《か》み締めるように言った。

「さようですか」

もう一度繰り返すと、それきり口を閉ざして、考え込む風になった。

少しすると、寺崎氏はやおら起き上がり、布団を畳み出した。

「もうしばらく休んでいてはいかがか」と言うと、「いえ、そうもしておられません」と答える。

そして、私が洗っておいた自分の袷に着替え、正座をしてから言った。

「唐突で、甚だ恐縮ですが、貴公の差料《さしりょう》を拝見願えまいか」

「差料、ですか」

私は言葉を濁した。寺崎氏の言うように、あまりに唐突でもあり、それに、あえて人に見せるほどの刀でもなかった。

天正《てんしょう》の頃に鍛えられた古刀ではあるが、いかんせん、名産地からは外れた北の国の、常秀《つねひで》なる刀匠の作刀で、中央ではまったく知られていない。無名ではあるが業物《わざもの》、というわけでもなく、わるいものではないものの、また、特に秀《ひい》でているところもない。名が上がらぬのも、得心《とくしん》しなければならぬ仕上がりだった。

「お望みとあらば……」

とはいえ、求められて、頑《かたくな》に拒むほどのことでもない。私は刀架に歩み寄り、常秀を手にして、いた場処へ戻った。

定法どおり、寺崎氏は、己の差料を、柄《つか》を右にして私の前へ置く。人の刀を見る際には、先に、自分の刀を、相手が抜きやすい向きにして、差し出さなければならない。

見届けた私は常秀を手渡し、寺崎氏が抜く。

鍔元《つばもと》の防《ぼう》から剣先の殺《さつ》まで丹念に目を送り、幾度か振ってから、鞘《さや》に戻した。その手捌《てさば》き、体《たい》捌きは、梶原派一刀流の仮名字は真であろうという私の推量を確信に変えるものであり、再び、寺崎氏の太刀筋を目に刻みたいという欲が、いやが上にも滾《たぎ》る。

時代がどんなに変わろうと、刀を介した剣士どうしの交わりだけは、変わるものではない。剣を究めようとする気が続く限り、なにものにも侵《おか》されることはない。貧しさも、寂しさも、そこには入り込めない。

常秀に、無難な褒《ほ》め言葉を並べないその様子も快く、私は、竹刀《しない》が振れるほどに回復するまで、寺崎氏にとどまってほしいと、腹の底から願った。

「されば、今度は、自分の差料を見分いただきたい」

そんな私の気持ちを知らぬ気《げ》に、寺崎氏は言った。

いまさら寺崎氏が刀較《くら》べをおもしろがるはずもなく、毅然《きぜん》としたその佇まいに促されて、私は眼前に置かれた刀を左手に取り、鯉口《こいくち》を切る。

鞘を払って本身《ほんみ》を立てた瞬間、体の深い処が、ぞくっとした。

とても、常秀と同じ刀とは思えない。

まさに秋水《しゅうすい》と呼ぶに相応《ふさわ》しい景色が、そこに広がっている。

細身で、小さな切っ先が伏さった体配《たいはい》と、どこまでもすっと伸びようとする細《ほそ》直刃《すぐは》の刃文《はもん》は上品の極みであり、また、目を凝らしても、密に詰まった小板目《こいため》模様が、飽きることなく地鉄《じがね》を折り返して鍛え上げたことを伝える。その美しさにも増して、強くしなやかな一口《ひとふり》であることは明らかだ。

振っても、また良い。その重みがすとんと手の内に収まって、想い描く剣捌きが意のままだ。見た目の洗練とは裏腹に、太刀筋は獰猛《どうもう》である。

「いかがですか」

寺崎氏が言う。

「なんと申せばよいのか……」

響き続ける余韻を反芻《はんすう》しつつ、私は言った。

「こんな刀もあるのですね」

素晴らしいからこそ逆に、銘を尋ねる気になれない。

その体配と造り込みからすれば、あるいは山城伝《やましろでん》の粟田口《あわたぐち》あたりなのかもしれない。となれば、私にはまったく無縁の名物《めいぶつ》だ。

しかし、私には国友《くにとも》を、国吉《くによし》を振ったという実感がまるでない。なぜ、寺崎氏が、粟田口を持っているのかという疑念も湧かない。

粟田口ではない、というのではない。そこに関心が行かないのだ。体と刀が一体となったとき、銘はただの異物でしかない。銘は、人と刀を結ぶように見えて、実は世の中と刀を結ぶ。できれば、このまま、銘は知らずにいたかった。

「銘はありません」

ほんとうにないのか、忘れようとして忘れたのか、寺崎氏は言った。どんなに追い詰められようと、けっして手放すつもりがないのなら、銘など消えたほうがよい。

「無銘でも、お気持ちは変わりませんか」

笑みを浮かべて、寺崎氏が問う。会ってから初めての笑顔だ。

「むろんです」

即座に、私は答えた。

「されば、御願いがあり申す」

寺崎氏は、きっと私を見据える。

「貴公の常秀をお借りしたい」

「常秀を？」

その申し出は、あまりに意外すぎた。

「常秀、大いに気に入りました」

真顔で、寺崎氏は言う。そんなはずがないではないか。無銘とはいえ、明らかな名物を差していた者が、常秀に惹《ひ》かれるわけもない。

「人と刀の関わりは、不変ではありえません。人が変わる限り、良い刀も変わる。いまの自分には、常秀こそ求める一口なのです」

私は寺崎氏の、瞳の奥を覗《のぞ》く。

「先刻、貴公と話をさせていただいていた折り、し残したことを思い出しました。それには、刀を用いなければなりません。ついては是非とも、常秀を借り受けたい。その間、甚だ申し訳ないが、貴公にはその無銘刀をお遣い願いたい」

どう考えを巡らせても、おかしな話なのに、瞳の奥の光は揺らがない。

私はなおも見据え続ける。寺崎氏の、言葉の裏を読もうとする。この期《ご》に及んで、寺崎氏にどんな「し残したこと」とはなんだろう。「し残したこと」があるというのだろう。

あるとすれば、死に直すことか。が、それに打刀《うちがたな》は要《い》るまい。なぜ、刀が必要なのか。遺恨か。ならば、なぜ常秀なのだろう。いまの寺崎氏の体には、無銘刀が重いとでもいうのか。

あるいは、「し残したこと」など、ないのではないか。手前勝手な憶測だが、ひょっとすると、これは礼のつもりなのではないか。借りるという形にして、駄物《だもの》と名物を取り替えようとしているのではないか。ならば、〝貸す〟ことはできぬ。

とはいえ、礼にしては、あまりにたいそうだ。寺崎氏に、そんな小芝居ができるとも思えない。なによりも、ずっと瞳を覗き続けているのに、宿る光は変わらずに、落ち着いたままだ。

結局、私は、額面どおりに受け取ることにした。寺崎氏が「し残したこと」のために、常秀を貸すことにした。

「では、お貸しするが……」

私は言った。

「ただし、条件があります」

「伺おう」

「きっと戻られて、常秀をお返しいただくこと。そして、この道場で、お手合わせいただくことです」

「ああ……」

そのときちょうど、浅草寺の朝四つを告げる鐘の音が伝わってきた。ふっと柔らかい顔になって、寺崎氏は言った。

「自分も是非、仕合いたいと思っておりました」

そして、続けた。

「常秀のことも、お約束いたします。これより一刻《いっとき》後、書院番組組屋敷の裏門へお越しいただきたい。そこで、必ずお返しいたしましょう」

「一刻後？」

思わず私は声を上げた。

「一刻後、と申されたか」

「いかにも。しかと、お願いいたします」

「し残したこと」をしに行くにしても、幾日か体を休めてからとばかり思っていた。いくら、なんでも急すぎる。戸惑う私の前で、しかし、寺崎氏はすっくと立った。

「しからば、しばし御免！」

いつの間にか、空から雲は消え、すっかり晴れ上がっていた。

書院番組組屋敷とは、目と鼻の先だ。御当代様《ごとうだいさま》に近侍《きんじ》してお護《まも》りする番方同心の住処《すみか》だけに、組屋敷は常に張り詰めているかのように思えるが、実際はそんなことはない。

この天明の世で、御当代様の身に危害が加えられるはずもなく、現実にすることといえば、ひたすら控えの間で暇をつぶすことだけだ。おのずと、組屋敷もどうにも緩んで、そこだけ、眠りこけたような一角になっている。

置き去りにされた気分のまま一刻後の午九《ひる》つを待っていた私に、その組屋敷のほうから、ただならぬ喧噪《けんそう》が届いたのは、午九つまで、あと四半刻を切った頃だった。

思わず無銘刀を差して表へ跳び出せば、野次馬たちが次々に組屋敷のほうへ走っていく。

その一人を呼び止めて、なにがあったのかを問うと、興奮を隠さずに、「浪人さんが押し入ったようでござんすよ」と答えた。

「おもしれえじゃござんせんか。ひでえ飢饉なのになんにもしなかったお上の、一等上の番方の組屋敷に、痩せ浪人が一人で押し入ったんだ。こいつを見なきゃあ、見るもんがねえってもんでさあ」

聞くが早いか、私も走った。まさに脱兎《だっと》のごとく走った。その痩せ浪人が寺崎氏であることは考えるまでもない。

表門に押し寄せる野次馬を横に見て、裏門に回る。

立ち止まって辺りを見回すが、まだ誰もいない。

やはり、日頃、暇をつぶすことしかやってきていない連中だ。不意を突かれて、周囲を固めることすら、考えつかないのだろう。

これなら、逃がすことができる。裏門を抜けて来てくれさえすれば、救い出すことができる。

なんで組屋敷に押し入ったのかは分からない。皆目、分からないが、この際、

理由なんぞどうだっていい。そんなのは、あとのことだ。いまはとにかく、押し入ってしまったらしい寺崎氏を逃がすことだけに専心せねばならない。

私は着物の裾《すそ》をたくし上げて、帯に挟む。三途の川を渡りかけた体だ。なかの立ち回りだけで、もう体力は尽きているだろう。おそらくは、背負って走らねばならぬはずだ。私は、掌の汗を感じながら待ち受ける。

と、裏門の木戸が開いて、小さな武家が転がり出た。私は喚声《かんせい》を上げて、駆け寄る。

寺崎氏も私を認めて笑顔を見せ、「お待たせいたした」と言う。右手には抜刀した常秀がある。血は見えない。

「さ、参りましょう」

私は背中を貸そうとするが、寺崎氏は常秀に左手を添え、手の内をつくって中段に構えた。

「では、お願い申す」

鎮まった声で言う。なんと、剣尖《けんさき》は私に向けられている。

「はて、なにか」

わるい冗談にも程がある。

「仕合でござるよ」

なにを馬鹿《ばか》な、と思いつつも、私は答えた。

「仕合は後で」

「時がない」

あらためて目を向ければ、道場にいた寺崎氏とはまったくちがう。

「直ぐに取り囲まれる」

目には鬼をも退ける剣気が漲《みなぎ》り、露になった二の腕は、仁王のそれのようだ。

「一撃で勝負を決する所存である。さっ、抜かれよ」

言うが早いか、半歩、間合いを詰めた。さらに凄《すさ》まじさを増した剣気が押し寄せ、私の体に火を入れる。

そうなれば、もう止まらない。剣士は剣気で語らう。なんらためらうことなく鯉口を切り、正眼に構えた。

瞬間、裂帛《れっぱく》の気合いとともに、寺崎氏が大きく振りかぶって打ち込んでくる。

私は無銘刀を合わせ、三筋の真っ青な空を切り裂くように鋼《はがね》の叫びが響き渡る。

重い打突《だとつ》に負けずに手の内を絞り、鎬《しのぎ》で常秀を摺《す》り落とそうとして、わずかに遅れた。

終わりだ。

私は瞼を閉じた。

が、覚悟したのに、私は死なない。割られない。

訳が分からぬまま目を開けると、眼下に深々と袈裟《けさ》斬りを受けた寺崎氏が横たわっている。

なぜだ、と目を泳がせ、路上に落ちている折れた常秀の処で止まった。

もしも、折れなければ、私が斬られていた。

私は茫然《ぼうぜん》と寺崎氏を見下ろす。

裏門から、同心たちが姿を現わす。

野次馬も表から回ってきたようだ。

瓦版《かわらばん》に書かれた寺崎氏は、中西派一刀流の〝免許皆伝〟で、六尺豊かな美丈《びじょう》夫《ふ》になっていた。

天明の飢饉の救済に腰を入れて取り組もうとしない御公辺に、義憤を覚えての止《や》むに止まれぬ犯行ということだ。

書院番士ですら止められなかった寺崎氏を、一撃で倒した知る人ぞ知る達人が私で、ひと月経ったいま、三筋の道場は門弟で溢れている。

おそらく、それが、寺崎氏の白朮酒への御礼であることは、折れた常秀が教えてくれる。

寺崎氏から返してもらった常秀を道場に持ち帰って、仔細《しさい》に改めてみれば、切っ先の近くに小さな刃切れがあった。

おそらく、折れた箇所の刃切れは、もっと大きかったのだろう。活計に追われていた私が手入れを怠って、見逃していたのだ。

刃切れはさまざまな刀の疵《きず》のなかでも、破断につながる致命の疵である。

あの朝、常秀を見分したとき、当然、寺崎氏はその疵に目を止めただろう。

常秀で打ち合えば、当然、折れる。だから寺崎氏は常秀を、〝大いに気に入った〟のだ。

寺崎氏が最初から騒動を起こすつもりで、刀を取り替えようとしたのか、あるいは、取り替えることがまずあって、疵を見つけてから騒動を思いついたのか、それは分からない。

ただ、騒動の犯人となった自分を私に討たせるにしても、ただ勝ちを譲るのは、

武人として抵抗があったにちがいない。

それを取り払ったのは、常秀の疵と見て間違いはないだろう。常秀を遣えば、尋常に勝負して討たれ、私の名を上げることができる。また、尋常な勝負でなければ、私にしても本身を抜けない。

騒動の舞台として書院番組組屋敷を選んだのは、たまたま近かったのと、人の口に上りやすいからだろう。

あるいは、寺崎氏は、常秀の疵に、己の死に場処を見たのかもしれぬが、私としては、礼がすべてと思いたい。

国元では、かつての同輩が語っていたように、御主法替えが断行され、御重役方ががらりと入れ替わって、私にも御召出《おめしだ》しの声が掛かった。

が、私は、寺崎氏の御礼を、無下《むげ》にするわけにいかない。

たとえ一年後、また人影のない道場に戻っていようとも、この三筋にとどまるつもりだ。

つはものの女

永井紗耶子

負けるわけにはいかぬ。

それが私の口癖でございました。

十二の年で大奥に上がってからと言うもの、これまでにも様々な苦悩はありましたが、それでもくじけずに、二十年余りの日々を過ごして来られたのは、ひとえにこの心意気があってこそのことだと思っております。

部屋付女中として上がり、御三の間《おさんのま》、祐筆《ゆうひつ》と着実に出世の道を歩んで参りました。

祐筆の間での務めは、奥の記録や、奥の皆様の文の代筆など。祐筆ともなれば御目見得《おめみえ》以上。上《うえ》つ方々とも近しく言葉を交わし、禄《ろく》も多分にいただく身分となります。

「ここまで来れば十分。お役に誇りも持てるし、里への仕送りもでき、御家のためにもなる。面目も立つ」

それが大方の女中たちの声でございます。しかし全《すべ》ての本音かというと、さに

あらず。そこから先への出世の道は、さらに狭く険しいものになるからにほかなりません。

私は奥に上がった折から、御手付きになることを望んだこともなく、里下がりして嫁入りする気もなく、ひたすらにお役に邁進《まいしん》し、出世を望んで参りました。その私にとっては、更に上へと続く階《きざはし》があるのなら、何としてでも上りたいというのが、常の願いでありました。

そうして迎えた文政《ぶんせい》十年のこと。一つの話が舞い込んだのです。

「表使《おもてづかい》の初瀬《はつせ》様が、お役を退き、出家を望まれている」

表使とは、大奥の重役であられる御年寄《おとしより》の方々からの要望を、表の役人たちに伝えるのが主な役目。大奥の中にあって、公《おおやけ》に殿方と会うことを許された立場でもあります。

上様……家斉《いえなり》公は、十五歳で将軍となられ、いまや五十五におなりです。長くその位にいらっしゃることから、大奥には上様がお若い時分からお仕えした方が大勢おいでになります。

初瀬様は、古参の女中のお一人で、齢《よわい》も五十を優に越えていらっしゃいます。

「初瀬様は、表使の後継となる女中を探しておられる」

その話は、瞬《また》く間に大奥中に知れ渡りました。

私としてはすぐにでも飛びつきたいところでしたが、これまであまり初瀬様と近しくしてこなかったこともあり、なかなかお会いすることができません。ただ、初瀬様は近しい女中たちの中から、これといった後継を見つけることができずにいるというのも、話に伝え聞いておりました。

「これは好機でございますよ、お克《かつ》様」

私の部屋付女中であるお美津《みつ》は、目を輝かせて私の背を押します。

「私は、お克様こそが、表使に相応《ふさわ》しいと思います。お克様であれば、表の方々とも堂々と渡り合うことができますよ。私などからしますと、初瀬様は頼りないくらいです」

今年十七になるお美津はたいそう、私を慕ってくれています。贔屓目《ひいきめ》というものもあるかもしれませんが、それは嬉《うれ》しい言葉でもありました。

またお美津の言う通り、私も初瀬様は、どうにも頼りない方のように思っておりました。直《じか》に言葉を交わしたことはありませんが、昨年の花見の折にも、御年寄様のご要望がいくつか叶《かな》わなかったのは、初瀬様の弱腰のせいだという話を耳にしたことがあります。遠目に見ても、いつも柔らかく微笑《ほほえ》んでおられ、声も小

さい。殿方と話をするには、侮《あなど》られるのではないかと思えるほどでした。

「あの方が表使をしておられるのは、ひとえに年の功というもの。しかも長らく位にいらっしゃるので、下の者の出世の妨《さまた》げになっている」

口さがない者の中には、そのように謗《そし》る人もありました。

あの方に務まるのならば、私にも務まるはず。そう思う気持ちは、日に日に大きくなっておりました。

「そうなりますと、お克様も、三字名になられるのですね……」

お美津はうっとりと申します。

私やお美津のように、名の上に「お」を添えて呼ばれる名のことを、「おの字名」と申します。お役が重くなると、「初瀬」「音羽《おとわ》」「矢島《やじま》」などといった「三字名」という名に変わるのが習わしでございました。また、その名は役職によって受け継がれるもの。もしも私が初瀬様の後を継ぐこととなれば、名を「初瀬」と改めることになります。

それを思い描いてみると、胸の内に沸々《ふつふつ》と希望が湧《わ》くように感じられました。

そんなある日のこと。

「お克様はおいでになられるか」

声を掛けられて文机《ふづくえ》から顔を上げると、そこにいたのは、同じ祐筆のお藤《ふじ》でした。私は、書きかけていたさる御中臈《おちゆうろう》から某藩への礼状を片付け、お藤の元へ向かいました。

お藤は私と同じ年の頃に大奥に上がり、御付女中を経て、同じように出世の道を歩んで来ました。

そのお藤が私を手招きします。

「いかがなさいました」

「お克様、貴女《あなた》、表使になりたいとは、思われませんか」

「それは無論……もしや貴女もお望みか」

「いえ、私は結構。祐筆が気に入っております故《ゆえ》」

どうやらお藤と争わずに済むと思うと、それはありがたいことでした。となると、なぜそのようなことを聞かれるのかと怪訝《けげん》な顔をしていると、お藤はふっと微笑みます。

「貴女はお忘れかもしれませんが、私はかつて初瀬様の部屋付女中をしておりました」

「すっかり失念しておりました。」

ただその頃、初瀬様のお伴《とも》で御広敷《おひろしき》に入ったことを機に、表の御広敷役人の一人の殿方がお藤に思いを寄せるようになり、文を送ったとか送らぬとかで、悶《もん》着《ちやく》があったような記憶も過《よぎ》りました。

「私のことは、お気になさらず」

お藤は笑います。

その悶着の後、上様の御目に留まったお藤でしたが、上様のご意向には添えぬと、お咎《とが》めを覚悟でそれを辞退したというのもまた、大奥の中では実《まこと》しやかに囁《ささや》かれている話です。私はそのお藤の噂《うわさ》について、あれこれと掘り返すつもりはありません。ただ、お藤がそういった騒動をも乗り越え、ここまで粛々と己の道を進んできていることに、信頼を置いているのです。

「初瀬様は物の分からぬ私を導き、守り、大奥で生きる術《すべ》を教えて下さった、敬愛すべき御方です。その方から、推挙するべき人はいるかと問われたので、貴女の名を挙げておきました」

「私を」

「ええ。貴女ほど、出世に対して前向きな方を存じ上げないので」

「それではまるで、私が欲深いようですね」

「あら、欲深くて結構でしょう。欲のない人が出世して、お役が務まるものですか」

言い得て妙というもの。欲のない者に、大奥で生きる術などないのかもしれません。

かくして私は、初めて初瀬様とお会いすることになりました。

初瀬様の局《つぼね》を訪ねると、中には沈香《じんこう》の香りが立ち込めておりました。脇息《きょうそく》に凭《もた》れて座っておられる初瀬様は、白髪を綺麗《きれい》に結い上げられ、落ち着いた紺色に花を散らした打掛を羽織っておいでです。膝《ひざ》に乗る白い猫を撫《な》でるその姿は、さながら日向《ひなた》の縁側にいる楽隠居のようで、この人が何故《なにゆえ》、重いお役を担《にな》えているのかと思うほどでありました。そしてゆっくりと顔を上げて私をご覧になります。

「そなたが、お克か」

その声は、先ほどの縁側の老女から一転、大奥の重役のそれらしく、低く重みを帯びていました。

「はい。以後お見知りおき下さいませ」

私が慌《あわ》てて深く頭を下げると、

「ささ、顔を上げなさい」

打って変わって優しい声が聞こえます。ゆっくりと顔を上げる途中、猫の金の目と視線がぶつかり、そこで動きを止めました。

「おお、これ、この猫は白雪《しらゆき》と申すのじゃ」

穏やかに微笑みながらそうおっしゃいます。

「は、あ、はい」

ここですぐに可愛《かわい》い猫だと褒められれば良かったものを、たどたどしい答えになりました。私の頭の中は、いかに表使になりたいかを伝えることでいっぱいで、猫のことなど気にかけている場合ではなかったのです。すると初瀬様は視線を私から外し、白雪を撫でます。

「そなたが表使になりたがっていると、お藤から聞いた」

再び低い声で、急に本題に切り込みます。この方の話し方の緩急《かんきゅう》に戸惑いながらも、私は慌てて手をつきます。

「は、僭越《せんえつ》ながら」

「さて、では表使とは何と心得る」

「はい、奥の声を表へ伝える重要なお役目と存じます」

「ふむ」

可とも不可ともなく、ただそのままを受け止めた初瀬様の様子に、私は不安を覚えて固唾《かたず》を飲みます。しかし待てども初瀬様は何もお答えにならず、ただ猫を撫でるばかり。猫はにゃあおと鳴きながら私を一睨《ひとにら》みします。私は思わずその猫を睨み返しました。

「あの」

「何じゃ」

「私の答えは誤りでしたでしょうか」

するど初瀬様は首を傾《かし》げます。

「誤りなわけがなかろう。その通り、それが表使の役目じゃ」

「はい……」

それきり初瀬様は何も言いません。更にお役の後継に名乗りを上げたいけれど、掴《つか》みどころがなさすぎて話の進め方が分からないのです。長く大奥にあって、こんな風に戸惑ったことはこれまでにありません。次の言葉を探しているとふと思い立ったように初瀬様が口を開きました。

「さて、では一つ、そなたに手伝ってもらおうか」

「手伝い……で、ございますか」

「さよう。菊見の宴《うたげ》の支度でな。既に大方の算段はついているのだが、御年寄様が追加で願い出られたことがある。それについて、そなたに力を貸してほしい」

「はい」

「ただ、もう一人、別の女中にも、別のことを頼んでおる」

「もう一人……それはどなたでしょう」

「呉服《ごふく》の間《ま》のお涼《りょう》という者だ。その者もまたそなたと同じく、表使となることを望んでおる」

なるほど、二人を競わせようというのだと分かりました。いずれか役目を果たすことができた者が、表使となることができる。なかなか老獪《ろうかい》な人なのだと、初瀬様への認識を少し改めました。

「承知しました。して、お役目とは」

「何、容易《たやす》いこと。御年寄様におかれては、近侍《きんじ》の姪御《めいご》様を、この菊見の宴で上様にお引き合わせしたいと思《おぼ》し召《め》しじゃ。それ故、その姫の衣を新調したいのだが、表に金子を都合して欲しいと仰《おお》せじゃ」

御年寄や御中臈の中には、身内の者や近侍の女中を、上様の御手付きとするこ

とで、自らの地位安泰を図る者が少なからずいることは、私も存じておりました。

この役目を果たすことができたのなら、表使になれるのはもちろん、御年寄様からの信頼も得ることができる。一挙両得とはこのことです。

「三日の後、御広敷にて、表のお役人にお目通りとなる。よろしいか」

「かしこまりました。必ずや、お役目を果たしてご覧に入れます」

私が頭を下げるのを、初瀬様はどこか面白そうに眺めておられました。

初瀬様の局を辞して、長い廊下を歩きながら、打掛を搔《か》く手に思わず力が入ります。

「負けるわけにはいかぬ」

声に出してそう言うと、次第に心は高揚して参ります。お涼とやらが何者かは存じませんが、この勝負、私がいただくのだと強い決意を固めておりました。

まずはその姪御様の姿を拝見しようと、御年寄様の局近くまで出向きました。まだ表使でもない、一介の祐筆である私が、御年寄様の局に無遠慮に足を踏み入れることは叶いません。日にちがあれば根回しをして、直に挨拶《あいさつ》をすることも叶いましょうが、仕方なく遠目に確かめるだけでございます。

「……あれは、上様のお好みなのでしょうか」

伴をしてきたお美津は、姪御様を見るなり、無遠慮にそう言います。私はそのお美津を窘《たしな》めながら、確かにそう思いました。

決して美しくないとは申しません。色白で愛らしいと言えるかもしれません。しかし並み居る上様御寵愛《ごちょうあい》の御中臈様方に比べると、見劣りするのは否《いな》めません。事実、御年寄様の傍近くに出入りしている女中に話を聞いても、苦笑を浮かべました。

「正直、あれは身贔屓というものですよ。あの方が上様の御目に留まるというのなら、私でさえ御目に留まるやもしれぬと思いますよ」

上様はただでさえ気が多くていらして、大勢の側室《そくしつ》がいらっしゃいます。この上、更に増やすのは、いかがなものなのか。そんな風に思ってしまうこともあるのですが、それは私見というもの。お役においては、目を瞑《つぶ》らねばなりません。

しかし、その姫の衣を誂《あつら》えるために金子を都合してもらうというのは、無理難題のようにも思われました。

負けるわけにはいかぬ。

その一心だけで、何とか詭弁《きべん》を弄《ろう》するほかに術はありません。

「きっと、お克様が勝たれます」

お美津はそう言って胸を張ります。局の主《あるじ》である私を敬ってくれるのはありがたいのですが、何の根拠もなく言われても、何やら気恥ずかしいだけで、苦笑するほかありません。しかしお美津は更に言い募ります。

「お涼という方は、大した方ではありませんよ」

「そなた、存じておるのか」

「はい」

何でも、今回の話を聞いてから、御膳所《ごぜんしょ》の御仲居《おなかい》たちにまでお涼の噂を聞いて回ったとか。

「先方も、お克様の噂を集めているといいますから、お互い様です」

つんとして言い放ちます。

それによると、お涼はどうやら気配りの利《き》く優しい姉女中として、信頼を集めている方だとか。此度《こたび》の表使に名乗りを上げたのも、周囲から勧められたからだと話しているらしい。

「そのくせ、初瀬様のお猫様に、手ずから刺繡《ししゅう》した前掛けを贈ったりしているとか」

「猫に」

「ええ。あの白雪というお猫様は、たいそうなものだそうです」

お美津が聞いた話によりますと、何でも御台様《みだいさま》が可愛がっておられる八重姫《やえひめ》という白猫と姉妹にあたるとか。白雪は、金色の目。八重姫は榛色《はしばみいろ》の目で、そのほかは顔立ちも毛並みもそっくり。時折、猫同士が大奥の廊下でじゃれ合うこともあるそうです。

「猫が紡《つむ》いだご縁で、御台様と初瀬様は親しくされているそうです。それも初瀬様が表使としてご出世された所以《ゆえん》であると、噂されているほどなのです」

そしてお美津は、ふうっと深くため息をつきます。

「そういうお猫様とはいえ、それに贈り物をするお涼という人は何でしょう。魂胆が見え見えで、私は好きになれません。お克様のように裏表のない方こそが、ご出世なさらなければ、大奥は息苦しくてかないません」

確かに、この大奥では犬猫を飼っている者も多くございます。また、力ある女中の元には、商人や藩から、犬猫のための貢《みつ》ぎ物が送られているという話も聞いております。祐筆としてそれらへの礼状を認《したた》めたこともありました。

「なるほど……それほどのお猫様であったのなら、私も何ぞ贈り物をするべきで

あったな。前掛けとは思いつかなんだ。今からでも鰹節《かつおぶし》を一節、進呈しようか」

私が言うと、お美津は嫌そうに眉《まゆ》を寄せます。

「お止《や》め下さい。お克様らしくありません」

お美津の闊達《かったつ》な物言いに励まされながら、遂《つい》に、その日を迎えました。

御広敷への廊下は、これまで何度も見てきたはずなのに、何やら異様に長く感じられました。さながら異界への入り口に立ったような気がしていたのは、気負いすぎているからなのかもしれません。足元さえ覚束《おぼつか》ないように思え、私は足袋《たび》の親指でぎゅっと廊下を踏みしめると、顔を上げて渡りました。

御広敷に入りますと、そこには小柄な女中が一人、座っております。その人はすっと私に膝を向けると、丁寧に頭を下げます。

「お初にお目にかかります。お涼と申します」

私もまた、膝をつき、挨拶をします。

「お初にお目にかかります。お克と申します」

しばらくあって顔を上げると、お涼は笑顔を見せました。

「思いがけず、このような形でご一緒させていただくことになりまして、恐縮しております」

「こちらこそ」

私は流暢《りゅうちょう》に言葉を紡ぐことができず、どこか無愛想な返答になってしまいました。沈黙の中、隣に並んで座るお涼のことを横目に見やります。

お涼は丸顔で、体軀《たいく》もふっくらとしており、どこかお多福人形のような風情《ふぜい》があります。人に警戒心を抱かせぬ柔らかさを感じさせますが、この場に座っているということは、並々ならぬ覚悟も持っているのでしょう。見た目と裏腹なその闘志を密《ひそ》かに感じ、私は背筋を伸ばしました。

その時、御広敷の襖《ふすま》が開いて初瀬様が入って来られました。

「お二人とも、よう参られた。間もなく御広敷役人の窪田《くぼた》様がおいでになられる」

そう言ってから、私とお涼の顔をしみじみと見比べると、うん、と深く頷《うなず》かれました。

「よい面構《つら》えじゃなあ」

褒めるともなくそう言われ、私は面構えと言われるほど固い表情をしているのかと、思わず頰に手をやりました。

初瀬様は上座を空けて座られ、私とお涼はその後ろに控えておりました。ほど

なくして殿方が御広敷に足を踏み入れられました。

「本日はお運びいただきまして、忝《かたじけの》うございます」

初瀬様は大仰なほどに高めの声でそう仰せになり、深く頭を下げられました。

窪田様は、初瀬様と年のころも近い様子。白髪交じりの頭で機嫌よく頷きます。

「いや、礼には及びません。して、そちらが」

「はい。こちらにおりますのが、呉服の間のお涼。そしてこちらが祐筆のお克でございます。つきましては、まずはお涼から、此度の御年寄様のお願いを申し上げます」

私は横目にお涼を見やります。お涼は小さく震えているようにさえ見えましたが、やがて気を取り直したように、口を開きます。

「菊見の宴に際しまして、御年寄様におかれましては、新たに御中臈様になられたお紺《こん》の方様をおもてなししたいと仰せになられ、ご酒《しゅ》を仕入れたいとお望みでございます」

お涼は柔らかい声でそう話します。

「ご酒でございますか。先に、菊見の宴のために御支度申し上げていたものでは足りませんか」

「はい……その、お紺の方様は、ご酒をかなりお好みでいらっしゃることもあり、せっかくならば上方より取り寄せた灘《なだ》の酒を振る舞いたいとお望みでいらっしゃいます」

「それは、御年寄様の勝手というものでございましょう。とりあえず、既にご用意致した金子のうちで御支度できぬものならば、諦《あきら》めていただく他はございません」

「そのような無慈悲なことを。御年寄様といたしましても、折角《せっかく》の宴の席、ご接待申し上げたいというお気持ちも重々に分かりましょう」

微笑みを交えて、同情を誘うように首を傾げます。されど、窪田様は眉根を寄せたまま。

「さて、我らにとっては分かりかねます。菊見の宴は菊が主役。下らぬ酒でも盃《さかずき》に花びらを浮かべれば、ただそれだけで極上の美酒に変わる。それが菊見というものです。もしもどうしてもお望みということであれば、十分にお禄を頂《ちょう》戴《だい》しておられる御年寄様のこと。御自らの懐《ふところ》から御支度をされるがよろしかろう。それをして初めて、馳走《ちそう》と申すもの」

「……しかし……」

「何であろうと許されると思い召されるなと、お伝え下さい」

窪田様はそう言い切ると、それ以上、お涼からの言葉を聞こうとはなさらず、ついとお涼の方に向けていた膝を、初瀬様に戻されました。お涼の顔が見る間に青ざめていくのが分かりました。初瀬様はというと、そのお涼の様子に何ら気を配る様子もありません。

「では、お克」

私は思わず唾《つば》をごくりと飲み込みます。

「負けるわけにはいかぬ」

声に出さず、念じるように口だけを小さく動かすと、顔を上げて窪田様を見据えました。

「同じく、菊見の宴のことでございます。御年寄様におかれましては、上様にお似合いの娘が近侍におられるとお考えです。それ故、この宴の折に、お引き合わせをしたいとお望みなのですが、その娘の衣を新調するための支度金をお望みなのです」

「ではその娘とやらは、それほどまでに上様のお好みか」

「畏《おそ》れ多くも、私のような下々の者にとりましては、上様がどのような御姫様を

お望みかは測りかねます。しかし、御年寄様は長らく上様にお仕えしておられる故、その娘こそと思われたのでございましょう」

「それならば、それこそ御年寄様が御支度をなさるがよろしかろう」

「大奥の何たるかは、窪田様とてお判《わか》りのはず。大奥は、上様に安らいでいただくための場でございます。それゆえ、側女《そばめ》は欠かすことができませぬ。その御支度はむしろ、上様の御為《おんため》でございましょう」

「賢《さか》し気《げ》に上様の名を振りかざすでない」

窪田様はかっと目を見開き、語気を強めて言い放ちました。私は思わず身を縮めましたが、同時にその窪田様の態度に苛立《いらだ》ちました。私は腹に力を込めると、背筋を伸ばして再び窪田様を真正面から見据えます。

「それは浅慮でございました。されど、それが大奥の有様と思いましたゆえ」

「ならば私からも言わせてもらおう。上様は何も、衣の色目で好みを決めておられるわけではない。もしも真《まこと》にお好みの女であれば、何を羽織っておろうとも、すぐさま見つけてしまう。何せ、御半下《おはした》の女さえ、一目で気に入り側女にしてしまったのだから。そちらも、御年寄様の心得違いというものであろう」

叱咤《しった》の声を浴びながら、私は反論の言葉を探しますが、どうにも次の言葉が思

い浮かびません。何故《なぜ》ならば、窪田様の仰せの通りであると、私も分かっているからです。項垂《うなだ》れながら、縮こまっている自分が口惜《くちお》しくなりました。そして同時に、初瀬様は何故、かような役目を私とお涼に言いつけたのかと考えました。

どちらも御年寄様のわがままでしかない。窪田様がこのようにお断りになることを、初瀬様は初めから承知していたのではないか。或《ある》いは、出家をしたいと言いだしたことも、嘘《うそ》かもしれない。高齢でありながらこのお役に居続けるために、女中たちを試しては、役目を果たせぬからと蹴落《けお》としていくことこそが、初瀬様の目的であったのではないか。

そんな疑念が湧き上がると、次第にそれは口惜しさから怒りへと変わっていきました。

「負けるわけにはいかぬ」

その言葉は、既に隣のお涼ではなく、目の前の初瀬様の背中に向けられました。

ここで項垂れたまま終わってしまうのは、あまりにも空《むな》しい。

私は拳《こぶし》を硬く握りしめ、腹に力を込めて、ぐっと胸を張り、前を見据えました。窪田様は変わらずこちらを睨むようにご覧になっています。その視線の先で不敵に笑って見せました。

「窪田様の仰せの通りでございます」

思いの外、声は御広敷に響き、私も驚きましたが、それ以上に隣のお涼も、前の初瀬様も窪田様も、目を見開いて私をご覧になりました。

「正しく、このお願いは御年寄様のわがままです。正直に申し上げれば、かの姫君は、御年寄様の姪御様。並み居る御中臈様方には及びもつかず、それこそ御年寄様の身贔屓というものでございましょう。どれほど衣を華やかにしたところで、御年寄様御自らの打掛を更に煌《きら》びやかなものにされる以上、霞《かす》んでしまうことでしょう。また、更に側室が増えてしまえば、それこそ、お世話をする女中の数も足りなくなり、大奥は更に膨らむことになります。先ほどのお涼の申し上げたご酒のこととてそうです。御中臈様をおもてなしなさりたいなら、窪田様のおっしゃる通り、自らの懐を痛められるがよろしいでしょう。此度はいずれも、御年寄様のわがままな願いでございます。ただ、私どものような下々の女中にしてみますと、御年寄様のお願いに否やを申す術もございませぬゆえ、かようにお忙しい中、お運びいただくことと相成りましてございます」

私は一気に言い放ち、頭を下げました。

重い沈黙が下りて参りました。

やってしまった……という実感は、じわじわと私にも襲い掛かって参ります。誰もが身じろぎ一つせぬまま、しばらくの間が過ぎました。

「では御随意に」

落ち着いた冷静な声は、初瀬様のものでした。窪田様は、うむ、と小さく頷くと、そのまま立ち上がりました。窪田様が御広敷を出て行かれる音がしました。

それでもまだ、私は顔を上げることができません。

初瀬様が下さった機会をふいにしたばかりか、御年寄様のことをわがままと言い放ち、お涼まで巻き込んで、この場を台無しにしたのです。お叱《しか》りの声が降って来ることを覚悟して、そのまま平身低頭しておりました。

「さて」

初瀬様は、膝を巡らせて、私とお涼の方を向きました。私は頭を下げたまま、初瀬様の膝を見つめておりました。

「いずれの願いも叶わなかったな。今日のところはおやすみなさい。また改めて話しましょう」

初瀬様はさらりと仰せになると、まるで私たちを気にする様子すら見せずに立ち上がり、御広敷を出て行かれました。

私は頭を下げたまま、お涼の方へ向き直ります。

「申し訳ない」

「何を仰せになります」

「大切な好機と言うのに、私は……」

「いえ……、顔を上げて下さいませ」

お涼は私の肩を支えながら、顔を上げさせます。顔を上げると、お涼の目には涙が浮かんでおりました。私は他人の涙を見るのが苦手で、思わず鼻白んでしまいました。が、お涼は涙を見せながら笑っております。

「何やら、痛快でございました」

「……え」

「私、悔しくて、それでも言い返せない己が情けなくて、涙しておりましたのに……お克様はお強い。お噂通りです」

「噂ですか」

「はい。負けを知らぬ、折れない方だと」

どこの屈強な兵《つわもの》を褒める言葉かと、私も苦笑します。

「それは、恐縮です。しかし……表使としては負けたようです」

「いえ、負けたのは、私です。そしてそれで良かったのです。私にはやはり、無理なお役でした」

「周りからご推挙されたと、うかがいましたよ」

「ええ……確かにそうですが、私としても野心はございましたのよ」

優し気な口調ではありましたが、はっきり言いました。

「表使ともなれば、禄も上がりますから。とはいえ、このお役は殿方と話し合わねばならぬもの。どうも、私の話し方は常々、殿方を苛立たせるものであるようです。父からもよく、話しぶりが回りくどいと、幼い時分は叱られました。しかし出世を望むなら、この表使の役を受けてみるほかないと、自らを鼓舞して参りましたが、ほら……」

お涼は自らの手を伸ばして見せます。それはまだ小刻みに震えているようでした。

「幼心に沁《し》みついたものというのは、そうそう拭《ぬぐ》えるものではありませんね。窪田様は道理を申していらっしゃるというのに、つい、叱られているように思えて、震えてしまったのです」

お涼は自嘲《じちょう》するように笑いました。

「これで諦めがつきます。これからも、呉服の間でのお役に務めて参りたいと思います」

お涼はそう言うと、ゆっくりと立ち上がりました。

「局に戻りましょう。ここに長居は無用です」

私はお涼に差し出された手を取って立ち上がると、共に並んで歩きました。

こんな風に知り合うのでなければ、このお涼という人とは共に務める仲間として、親しくなれたかもしれないと思いました。

「これもご縁ですから、今後ともよしなに」

なるほど、この人が気配りの人と言われる理由が分かった気がします。すると私の中の意地悪が顔を覗《のぞ》かせました。

「お猫様に、刺繍をした前掛けを差し上げたというのに、無駄になりましたね」

「あら、既に御耳に入っておりましたか。あのお猫様の金色の目に、何とも値踏みされているように思えましてね。少し、媚《こ》びを売ってみましたが、それではお役はいただけませんね」

ほほほ、と高らかに笑うお涼を、嫌いではないと思いました。

御膳所から酒と肴《さかな》をもらい、縁に座って一杯嗜《たしな》みながら月を眺める。それは私がこの大奥で覚えた楽しみの一つでございました。

大勢の女があれば、辛党も甘党もおりますが、やはり辛党はやや肩身の狭いもの。また、一人で嗜むことが好きな者も多くございますので、時折、他の女中が同じように長局《ながつぼね》の縁に腰かけて酒を飲む姿を見つけることがございます。

最初のうちは、こんなに己が酒を好きだとは知りませんでした。もしも里にいたのなら、父がさぞかし嫌ったであろう女になったものだと、ふと思うことがあります。

父も私が幼い頃には、縁に腰かけて酒を飲んでいたのを覚えています。母は肴を支度すると、そっと奥へ引っ込む人でしたから、母もまた、今の姿を見れば叱るかもしれません。今となっては二人とも世を去っておりますし、大奥の中にいて、叱られることもないでしょう。

とはいえ、今日の御広敷での一件を思い起こすと、ついつい盃が進んでしまい、気づけば銚子《ちょうし》が一本、空になっておりました。

「全く、何をしているのやら……」

思わず苦笑を漏らしながら、空の月を見上げます。月は十六夜《いざよい》。やや東にあり、

長局は寝静まっておりました。

今日、私は勝負に負けたのだと思いました。そして、いつから私は「負けるわけにはいかぬ」と気負うようになったのだろうと、思いめぐらせておりました。

里にいた頃、私は芳《よし》という名でございました。

当家は代々、槍《やり》奉行のお役を賜っており、お城の槍についての事務を司《つかさど》ります。

「乱世であればいざ知らず、太平の世では、閑職でございましょう」

大奥に入って間もない頃、年かさの姉女中に嫌味半分に言われた時は腹立ちもしましたが、確かに、のんびりしたお役であることは否めません。

とはいえ父は、槍奉行としての誇りを持っており、そのため、武芸にも精進しておりました。

私には四つ上の兄がおりましたが、跡取りとなるこの兄には、武芸と素読《そどく》を徹底的に叩《たた》きこもうと、傍目にも厳しく躾《しつ》けておりました。しかし、当の兄はどこかぼんやりとした人で、素読の時にも、兄の声よりも父の怒鳴り声の方がよく聞こえてくるほど。

私はというと、母から行儀作法について厳しく躾けられておりましたが、それらもそつなくこなし、よくできた娘と褒められることに慣れておりました。

「兄上は、何故、父上の仰せの通りに覚えてしまわないのでしょう」

私が母に問いますと、母は私の口をそっと塞《ふさ》ぎます。

「兄上は努めておいでです。お芳、そなたも私も、お支えするだけですよ」

母に言われて、そういうものかと思いました。

ある日のこと、勝手口にやって来た八百屋の小僧と女中が、何やら言い合いをしているところに出くわしたことがございました。

「どうしたの」

私がたずねますと、何でも菜っ葉と蕪《かぶ》と大根に、人参《にんじん》をつけたところ、いつもよりも高いようだと女中が言うのです。一方、八百屋は、そんなことはないと答えます。私は物覚えだけは良かったので、それぞれの値段を思い出し、暗算しました。

「女中の申す通り、少しお高いですね」

身に覚えがあったらしい八百屋の小僧は、渋々と値を下げました。まだ私とさほど年の変わらぬ小僧が渋い顔をしているのが可哀想《かわいそう》になり、その場で台所の干

し柿《がき》を一つ、小僧に渡しました。

「お疲れ様です。次は間違えないように」

すると小僧は、へい、と言って、笑顔を見せて帰って行きました。

女中はそのことをいたく褒めてくれました。

「御姫様《おひいさま》は賢い。野菜の値を覚えていて、しかも暗算して下さったのはもちろん、それを言われて肩を落とした小僧の心を汲《く》んで、干し柿を持たせて差し上げるとは。主の鑑《かがみ》とはこのことでございますよ」

それを聞いた母は、微笑んで私の頭を撫でてくれました。

「それは良かったですね。人の役に立ち、人の心を慮《おもんぱか》れるというのは、大切ですからね」

私は、それがとても嬉しかったのです。

それからというもの、家の中でも己が役に立てることはないか、いつも探しておりました。職人が来ていたらお茶を出す。御客人が来たら、草履を整える。先へ先へと気を回すことを心がけており、それはやがて父の目にも留まりました。

「気が利くのは良い。良き妻、良き母となる上で、要《かなめ》となろう」

父も母も、そうして褒めるので、私は上機嫌でおりました。しかし、その一方

で、兄はいつも私を煙たがるようになっていきました。

「兄上に、何をして差し上げればよろしいでしょう」

「そうですね。妹としてお支えして差し上げれば良いと思いますよ」

母は常にそう答えます。兄が困っていたら支えよう。そうしたら兄もまた褒めてくれるかもしれない。それは私の小さな野心でありました。

その日も兄は、父と向き合って素読をしておりました。その声が部屋から漏れてくると、相変わらず同じところで読み誤り、父の怒鳴る声が聞こえてきます。

「母上、兄上と父上にお茶をお持ちしてよろしいですか」

母はそれを許してくれました。二人のためのお茶を持って行き、

「お茶をお持ちしました」

と、襖を開けます。

父は腕組みをしたまま兄を睨んでおり、兄はというと青ざめた顔をして座り込んでいます。父にお茶を差し出し、父がそれを飲み始めるのを見越して兄に膝を進め、お茶を渡しながら小さな声で耳打ちをします。

「しのたまわく、ゆうよ、なんじにこれをしるをおしえんか。これをしるはこれをしるとなし、しらざるはしらずとなす、これしるなり」

子曰、由、誨女知之乎。知之為知之、不知為不知、是知也。

今にして思えば、何とも皮肉な言葉です。己が何も知らないということを、知らずにいたのは、正にあの時の私であったのでしょう。字面すら分からないけれど、音として記憶していたそれを、諳《そら》んじて兄に教えたのです。兄に褒められたいという小さな野心故でした。

すると見る間に目の前の兄の顔が、真っ赤になっていきました。私は、ありがとうという言葉を待っていただけに、兄の反応が分からずに硬直しておりました。

「お芳、今、何を言った」

その声は、父からでした。私は膝を引き、慌てて手をつき頭を下げました。

「いえ……その……」

「今、言ったことを、そのまま申してみよ」

父が何に怒っているのか分からず、しかし命じられたことには従おうと、震えながら顔を上げます。そして再び、

「……し、し……のたまわく、ゆうよ、なんじにこれをしるをおしえんか……これ、これをしるはこれをしるとなし、しらざるはしらずとなす、これしるなり」

繰り返します。

次の瞬間、父は飲みかけていた茶を私に向かって掛けたのです。何が起きたのか分からず、或いは間違えたのかと思い、ただ茫然《ぼうぜん》としておりました。

「何のまねだ」

その声は、屋敷中に響き渡るほどでした。驚いた母と女中が駆けて来て、頭から茶を被《かぶ》った私と、父の様子を見ると、すぐさま母は父に向かって頭を下げました。

「お芳が何ぞ、御無礼を」

「この娘は、女が何たるかを分かっておらぬ」

私は震えあがりながら、ただ怒る父を凝視しておりました。

「何を」

母が問うと、仁王立ちした父は私を指さしたのです。

「こやつは兄を差し置いて、己の方が素読ができると、その場で暗唱して見せた。こんな小賢《こざか》しい女は、この先、どこに娶《めあわ》せることもできん。しっかり躾をせよ」

そして父は、刀掛にある刀を手に取ると、すらりと抜いて見せさえしました。私は間近に見る刃《やいば》の光に圧倒され、腰を抜かしておりました。父はその刀を高く翳《かざ》します。

「刀を佩《は》く兵《つわもの》である男に勝とうなどと思うのは、女の浅知恵でしかない。心得違いをするな」

私は頷くこともできずにただ、刃を見つめるばかり。目には涙が浮かび、刃も父の顔もやがて歪《ゆが》んでいきました。父は私の様を見て、ふと我に返ったように刃を鞘《さや》に納めると、そのまま刀を手に部屋を出て行きました。

「お芳」

母が駆けより、それに続いて女中もまた、私の頭を手ぬぐいで拭《ふ》いてくれました。兄はその間、微動だにせずにただじっと眺めているばかり。そして口を開くことなく立ち上がると、部屋を出て行ってしまいました。

その背は、どこか悲し気に見えたのです。そうして初めて、私は兄を傷つけてしまったのだと感じました。しかし当時の私は一体、何によって兄を傷つけてしまったのかすら分からずにおりました。

ただ分かっていたのは、己がしでかしたことによって、父の怒りに触れたこと、母が困惑したこと、兄が傷ついたこと。結果、私の心は縮こまってしまったのです。これまで「気が利く」「よくできた」と言われてきた全《すべ》てが、どこからが良くて、どこからが間違いなのか分からなくなりました。次第に家の中でさえ身動

きがとれなくなり、ただただ無口に、与えられた稽古《けいこ》だけをするようになりました。

　これまでとは様子が違うことは、父も気づいたのでしょう。それが己の叱責のせいであることは半ば知っていながらも、私のその態度に余計に苛立ち、次第に疎《うと》むようになりました。

「お芳、支度をなさい。お兼《かね》様のお屋敷に出かけましょう」

　母が誘ってくれたのは、同じ旗本家のお兼という幼馴染《おさななじみ》の姫のところでした。中間《ちゅうげん》と女中を伴い、母と連れだって行くと、お兼様の家では私たちを歓待してくれました。

「ささ、こちらへ」

　そう言って招かれたのは、桜の咲き誇る庭でした。緋毛氈《ひもうせん》が敷き詰められ、野《の》点《だて》の支度が整っておりました。そこにいらしたのは、お兼様の母上ではないご婦人。艶《あで》やかな打掛を羽織ったその方は、御名をお鈴《すず》様とおっしゃいました。

「お鈴様は、お兼様の伯母上に当たられる方で、奥女中をしておいでなのです。里下がりにいらしたのですよ」

　お鈴様は、豊かな黒髪を綺麗に結い上げられており、凜《りん》とした風情の方でした。

私は奥女中というものを存じ上げなかったのですが、その佇《たたず》まいに見惚《みと》れたのでございます。

「ああ、そなたが、あの……」

お鈴様は私を見るなり、そうおっしゃいました。何のことか分からずにおりますと、母が私の背を押します。

「はい、お伝えしておりました娘でございます」

それから、母とお鈴様はいくつか言葉を交わしておりましたが、やがてお鈴様が私を手招きます。

「女が賢いということは、生き辛《づら》いことでもありますから。そなた、学ぶことは好きか」

そのことで散々叱られておりましたので、俯《うつむ》きがちに首を横に振りました。

「正直に申して良い」

母が後ろで申しましたので、私は恐る恐る顔を上げ、お鈴様に向かって小さく頷きました。

「はい……しかし学ぶことで、人を傷つけることもあるのかもしれないと……」

お鈴様は、ほほほ、と笑われました。

「さもあろう。私もそうであった」

目の前の御方が、私と同じだと言ってくれたことが嬉《うれ》しくて、救われたように思いました。

「大奥では、女が学ぶこと、賢いことは、出世への道を拓《ひら》くことになる。一度、私の部屋方女中として上がってごらんなさい。御目見得《おめみえ》以下のうちは里下がりもできる。もしも大奥の水が合うようならば、そこで一生を過ごしてもよかろう」

お鈴様の言葉に、母は深々と頭を下げました。

母は、私に奥勤めをする道を作ってくれていたのだと、その時に知りました。

「私も貴女《あなた》と同じように、素読のまねごとをして父に叱られたことがあります。私はそれでも他に道を知りませんでしたから、こうして生きて参りました。そのことに悔いはありません。しかしもし、そなたが奥へ参りたいと望むのなら、その道を支度したい」

母が真《ま》っ直《す》ぐに私のためを考えていてくれたことが嬉しく、思わず涙が零《こぼ》れました。息をすることさえ苦しく思えた家の中で、母だけはずっと私を見守っていてくれたのだと、信じることができたのです。

「母上、私は奥へ上がりたいと存じます」

声を絞るようにそう言いました。

あの時の私は奥というものがどういうところか、しかと分かっていたわけではありません。ただ、私がいることが、父を苛立たせ、兄を傷つけるということが分かり、ここにいてはいけないという思いに駆られたのです。

「行ってごらんなさい。そなたにはできます。男は己の家格より出世を望むことはできませんが、大奥の女の出世は己の才覚次第とか。そなたは賢い良い子だから、いずれは大奥の重役になれますよ」

母は私の不安を汲み取って、そう励まして送り出してくれました。

それから出世への道を歩むことは、私の心の支えとなりました。その一方で私の中には、家の居た堪《たま》れなさから逃げたのだという負い目もありました。それ故《ゆえ》にこそ、負けたくないという思いは強く、いつしか私を支える唯一《ゆいいつ》の軸になっていったように思います。

奥へ入って三年の後、母が身罷《みまか》りました。病床にあった母に最後に会った時のこと。

母に喜んでもらおうと、大奥での出世話を語って聞かせました。お仕えしている御中臈《おちゅうろう》様に褒められたこと。上様を遠目に拝見したこと。話している間、母

は静かに微笑《ほほえ》んでいました。

「母上、ご心配なく。私は負けませぬ。出世の道を貫くためにも、負けるわけにはいかぬのです」

そういう私に、母は優しい笑顔を浮かべました。そして私の手を両手で包み込みます。

「負けても良いのです。気負わずに生きなさい」

母は、大奥というところを知らぬのだと思いました。気負わずにいれば、すぐに追い落とされる。負けて良いことなど一つもない。私は母の言葉を素直に受け取れず、ただ黙って曖昧《あいまい》に頷くことしかできませんでした。

それが、母との最後の会話になりました。

歳月は流れ、私は相変わらずの勝気さで、祐筆《ゆうひつ》としての地位を確かなものとし、負けることなく邁進《まいしん》して参りました。

「遂に、負けてしまいましたが……」

盃を片手に月を見上げ、誰にともなく、そう呟《つぶや》きます。母が私を見守ってくれているというのなら、その負けの意味をこそ、教えてほしいと思いました。

「お涼様もお克様も、初瀬様の御目がねに適《かな》わず、表使にはなれなかった」

その噂《うわさ》は、翌日には大奥中に知れ渡っておりました。

「この度は、残念でございましたね」

嫌味半分に言って来る女中もおりましたが、それも仕方ありません。これまで勝気に振る舞ってきた私にとっては、なかなかに辛いことでした。

「貴女ならば、向いていると思うていたのですが」

お藤は気遣いながら声を掛けてくれます。

「これが私の器というものです。為《な》すべきことは為した以上、悔いはございませんよ」

それは強がりではなく、私の本音でございました。あのように、御年寄《おとしより》様のわがままをただ表に伝えるだけが、表使の役目なのだとしたら、私のような者にとっては苦行でしかありません。下手をすると、御年寄様に説教をすることにもなりかねませんし、無礼な物言いをして、御広敷《おひろしき》役人から御手打ちになるかもしれません。そう考えると、今ここで表使になれなかったことは、傷が浅くて済んだというもの。

「却《かえ》って、安堵《あんど》しているくらいです」

「それならば良いのですが……」

お美津もはじめのうちこそ私のことを気遣っていたのですが、そのうち、何かを納得したようで、

「言われてみれば、お克様には表使は向かないかもしれませんね。お役人様と侃々諤々《かんかんがくがく》するわけには参りませんから」

どうやら私が思い描いていた最悪の場面は、お美津の頭の中にも描かれていたようです。

そんな時、初瀬様からのお呼び出しがありました。

「今更、何でしょう」

お美津は腹立たし気にそう言いました。私としても、この期《ご》に及んで叱られたくもないと思いながらも、礼儀としてはきちんと応《こた》えなければならないと、初瀬様の局《つぼね》へと向かいました。

襖を開けると、相変わらず沈香《じんこう》の香りが部屋の中を漂っておりました。脇息《きようそく》に凭《もた》れた初瀬様の膝《ひざ》の上には、猫の白雪が蹲《うずくま》っております。襖を開けた私の気配に気づいて目を開けますが、すぐさま閉じてうとうとと眠っております。

「ささ、近う」

初瀬様は優しい声音で私を手招きます。私は膝を進めて初瀬様の前に進み出ました。

「あれから二日、経《た》ちましたね」

「はい、その節は」

「いかがでしたか」

「……は」

いかが、とは、何を問われているのか分からず、思わず聞き返しましたが、初瀬様はただ答えを待つように黙っています。

「はい、その……御無礼をお許し下さいませ」

「何を無礼とお思いか」

「お役に対し奉《たてまつ》り、不服を申しました」

「あれは、不服であったか。なかなか道理にかなっていたと思うたが」

「は」

私は思わず顔を上げて、眉を寄せて初瀬様を見上げました。

「あれで良かったのじゃ」

「……と、おっしゃいますと」

「そなたの言う通り。あれは御年寄様のわがままじゃ。それゆえ、通すことはない。そう窪田様にお伝えすれば良い」

私はすぐには意味が分からずに、そのまま固まっておりました。その様子を見ていた初瀬様は、ふふふ、と、笑われました。

「そなたは以前、表使とは、奥の声を表に届けるお役目と申した。そしてそれは事実、その通りである。しかし、その声について、己で見て、確かめて話さねばならない。そうでなければ、ただ文を渡せばいいだけなのだからな」

「……はい」

「先ほど、お涼とも話をした。お涼は、あのご酒のことを私から命じられたまま、いかにして上手《うま》く伝えるかを考えていたそうじゃ」

「さようでございますか」

「そなたは、私から姪御《めいご》様の衣の話を聞いて、自ら姪御様を見に、御年寄様の局に出向いたとか」

「……はい。御無礼かと存じましたが、そうせねば、御広敷役人様にお話しすることもできませぬゆえ」

「そして、姪御様は上様のお好みでないことを承知していた」

「僭越《せんえつ》ながら」

「それゆえ、これは御年寄様のわがままだと断じることができた」

「……断じる……というほどではありませんが」

「それが、表使の務めじゃ」

初瀬様は、はっきりと強くおっしゃいました。

「表の方々は大奥の中をご存知ない。それゆえ、果たしてそれが要りようか否《いな》かを判じることはできない。表使は大奥の者でありながら、表の目もまた、持たねばならない。その上で、奥の声を伝える」

表使という役目の深さ、面白さを改めて思い知らされるような気がして、私は初瀬様の言葉に聞き入っておりました。

「ただ、伝え方にも、技がある。そなたの言い分は正しかったが、あれではいけない。あれは、伝えるというよりも、投げつけたというところであろうなあ……」

「面目次第もございません」

我ながら御広敷役人を相手に、よくもまあ滔々《とうとう》と、大声で言い放ったものだと顔から火が出そうになりながら、項垂れました。

「おかげで、私はなかなか出家ができそうにない」

「……はい」

「そなたを、育てなければな」

「は」

私は顔を上げ、初瀬様を見ました。初瀬様は悪戯《いたずら》めいた笑みを浮かべて、首を傾《かし》げられました。

「そなた、私の後を継ぎなさい」

「……私が、でございますか」

「さよう」

「しかし……」

「表使になりたくないか」

「いえ、そうではございません。ただ、今しがた初瀬様が仰《おお》せになられたように、私はああして、言い捨てるような口の利《き》き方をし、窪田様のご機嫌を損ね、お役も果たせなかったというのに……」

「何、窪田様には、あらかじめ、不出来な女中を試すのだとお伝えしてあった故、気にするな。あちらももう長いお務めゆえ、此度《こたび》はお付き合いいただいたのじ

や」

「しかし、お涼様は」

「お涼には、そなたを選ぶと伝えてある」

そのような話を言われるとは思ってもいませんでした。しばらく黙ったままで、目を瞬《しばたた》き、次いで首を傾げます。

「理由は……」

「先ほど申した通り、そなたはきちんと己の目で見て、確かめることができる。それは表使として肝要ぞ。そして、そこには理が通っておった」

「理、ですか」

「お涼とそなたの違いはそこじゃ」

初瀬様は指を二本、立てられました。

「この大奥で出世する者の中には、大きく二つの型がある。一つは、情け上手。お涼のように、下の者を気遣い、上の者を立てる。情を重んじ、時には共に泣きもする。そうして信頼を集めていく。もう一つは、叱り上手。下の者をしっかり躾け、上の者にも臆《おく》せずに物を言う。理を重んじ、滅多に涙を見せることはない。そなたのようにな」

言われてみれば確かに、周囲を見ても、そうした女中たちが出世しているようにも思われました。

「表使では、金の話をする。その時、情に訴えてもあまり意味はない。むしろ、理に適うか否かこそ、殿方の知りたいことなのじゃ。そなたはそれができる」

「……ありがとうございます」

「お涼の良さは、その口ぶりの柔らかさじゃ。ああした大人しい、優しい話しぶりというのは、殿方からの信頼を得やすい。ただ、あの者は窪田様にお話しをする際にも、やはり情に訴えていた。それでは通じぬ。そなたは理に適うが、口ぶりが厳しい。どちらかを取るとするならば、口ぶりを直すことのほうが、容易《たやす》かろうと判じ、そなたにすることにした」

私は思わず口元を覆《おお》いました。

選ばれたことは嬉しい。しかし、全てにおいて認められたというわけではないのだということも、よく分かります。初瀬様の口ぶりもまた、とても理に適っているように思われました。

「表使の難しさの最たるものは、殿方と渡り合わねばならぬということにある。この大奥の女たちの多くは、十五にも満たぬ折から、女だけの中で育っていよう。

それゆえ、とりわけ殿方と話すことが苦手な者も多い。そなたもお涼も、あまり得手ではないことは、よく分かった。大奥での出世ができることと、殿方を御《ぎょ》せるかは、まるで別の話ゆえな」

「しかし、御中臈様方は、上様の御相手をなさっておいでです」

するとと初瀬様は、それを一笑に付します。

「女として、上様の御相手を申し上げるのと、お役目のある女中として、お役人と話し合いをするのは、まるで違う。ただ相手を立てて敬えばいいのではない。時には舌鋒《ぜっぽう》を交えることとてあるのじゃ」

その答えに、長らく表使として務めてきた、初瀬様の矜持《きょうじ》を感じました。

「大奥で出世する上で、情け上手も叱り上手もよろしかろう。されど、殿方との話し合いでは、情け上手は時に弱腰と侮《あなど》られ、叱り上手は言葉使いを誤れば、生意気と誹《そし》られる。殿方の矜持という厄介な代物《しろもの》を、いかにして御していくかこそが、表使としての腕の見せ所じゃ」

殿方の矜持をして「厄介な代物」と称したその言葉に、私は驚きと共に深く頷《うなず》きました。

あの幼い日、素読をして兄を傷つけた。その時の私は、兄の矜持という厄介な

代物の扱いを間違え、居場所を追われたのだということを、改めて思い返したのです。

「それは、御すことなどできるものなのですか」

「難しいことはない。まずは話し方を変えること」

「話し方……」

「さよう。厳しいことを言う時は、笑顔で声を低く、口調は柔らかく。相手がこちらの言い分を通してくれた時には、大仰に高い声で誉《ほ》めそやす。その二つを、正しい間合いで出せるようになること。それだけじゃ」

「それだけ……」

それだけ、と言われても、これまで話し方など深く考えたこともなかっただけに、ひどく難しいことに思われます。

「私を見て、学べば良い。それができるようになると、殿方とは何とも可愛《かわい》らしいものに見えてくる」

「……可愛い、ですか」

私の脳裏に、幼い時分に怒った父の顔が浮かび、可愛いという言葉とつなぎ合わせることができずにおりました。

「それでも上手くいかぬ時は、すぐさま謝ってしまうこと。たとえ、己に非がなくともな」

「非がなくとも、ですか」

「さよう」

「それは、それこそ弱腰と侮られませんか」

「あちらは非があると認めると、ともするとお腹《はら》を召すことになりかねぬと、幼い頃から躾けられておる。それが武士の道だと。だから意地でも引かぬ。それゆえ、そこはこれ、このように……」

初瀬様は、ついと脇息を遠ざけると、膝の上の白雪を下ろし、すっと背筋を伸ばして真っ直ぐに前を見ます。白雪は初瀬様の少し手前にしゃんと座っており、初瀬様はそれを相手に見立てて三つ指をつきながら、白雪を見据えます。

「お気に障《さわ》りましたらご容赦を。女の浅知恵と、捨て置き下さいませ」

低い落ち着いた声で言うと、深々と大仰なほどに頭を下げます。それは、決して己の非を認めてはいないが、頭を下げることで相手を引かせる力を持つ、見事な礼でございます。

「三十六計逃げるに如《し》かず。あれこれ策を弄《ろう》したところで、逃げた方が良いこと

もある。負けるが勝ちとはこのことぞ。それができぬ殿方は、既にその時点で、我らよりも不利なのじゃ。なかなか生き辛い。あの方たちのためにも見事な負けを見せて差し上げることで、矛を収める大義を与えてこその、女ぶりというもの」

兵法を持ち出して女ぶりを語られるとは思いもせず、私は思わず吹き出してしまいました。

「何か可笑《おか》しいか」

「いえ……」

そう言って首を振りながら、私は自嘲するように笑いました。

「私は大奥に上がってからずっと、負けるわけにはいかぬと、念じてここまで生きて参りました。まさか、兵《つわもの》の道をして女ぶりを語られるとは……」

幼い日、父に白刃《はくじん》を見せつけられ、刀を佩く者をこそ兵と言うと教えられたことを思い出しました。

「何を申すか。兵とは何か。この太平の世にあって、刀を佩いて戦をする者だけを指すのではない。天下のためにお役に邁進するものは皆、兵じゃ。それには男も女もあるまい。そして、女の兵としての道は、逃げるに如かずの一言に尽きる。

それが長の大奥務めで私が得た賢さというものじゃ」

初瀬様の顔はどこか誇らしく、晴れやかに見えました。

「若い時分から、こうして負けを認めていたとしたら、或《あ》るいは私とてここまで長く、大奥には居《お》るまい。役を持ち、誇りを持ち、ここまで来たからこそ、こうして頭を下げることもできるというもの」

そして初瀬様は膝を進めて、私の手を取りました。

「ここまで歩んで来たことを誇りに思われよ。その誇りある女がするからこそ、この礼には意味がある。それゆえにこの負けは勝ちなのじゃ」

ふと、母の最後の言葉を思い出しました。

「負けても良いのです。気負わずに生きなさい」

それは、そのままの私を誇りに思えと、そういう意味であったのだろうかと、そう思えたのでございます。

「ああ、そうそう、一つだけ」

初瀬様は私の手を軽く叩きます。

「策だとか、勝ち負けだとか、色々申したが、心得違いをしてはならぬぞ。御広敷役人は我らの敵ではない。我らは奥の声を背負う。お役人様は表の声を背負う。

互いに相反することもあろうが、共に上様を支え、ひいては天下を支える。その大義を忘れて、目先のことに囚《とら》われていては、お役は務まらぬ。互いに、助け合い、信じることも肝要じゃ。さすれば、男やら女やら、そういう窮屈な垣根を越えて、友となることもできる」

その言葉は力強く、初瀬様の心底から響いて聞こえました。そして、この人はこのお役を楽しんでおられると分かりました。

それから一年。

私は初瀬様の下で表使としてのお役を果たすことを学びました。初瀬様は、時に強く、時に優しく、笑顔を交えながらも言葉を巧みに操り、奥と表を繋《つな》いでいらっしゃる。その姿を見ながら、私はかつて、どうしてこの人を、年の功だけで役にある人だなどと侮っていたのかと思うほどでした。

「それもまた策のうち。私を侮る者は、本音を隠せなくなる。初めて会った折のそなたのようにな」

「さような無礼をいたしましたか」

私は知らぬふりをしましたが、それが無駄なことも存じておりました。初瀬様は悪戯めいた目で私をご覧になられてから、言葉を接《つ》がれました。

「敬う心を持てば、男であろうと女であろうと丁寧に相手と向き合う。だからこそ手強《てごわ》い。私に金子を融通されなかったわがままな御中臈辺りにしてみれば、私を諸悪の根源と思うのであろう。だからこそ、侮りもし、悪い噂を撒《ま》いて歩く。それらは恐れるに足りぬ。憎まれるのも表使の宿命と思うて、信頼してくれる者のみ大切にすれば良い」

初瀬様はいつも堂々と振る舞っておられました。

遂《つい》に初瀬様が御出家をされることになると、大奥はもちろんのこと、表の役人の方々からも、お文や贈り物が山のように届きます。その一つ一つを見ながら、初瀬様は嬉しそうに目を細めておられました。

「ああ……お若い頃は頼りなかったあのお役人は、今では勘定奉行におなりだと。私が育てて差し上げたようなものじゃ。おや、こちらの方は、私よりも先んじて御出家されているとなあ。遅れをとってしまった」

初瀬様の言う通り、男と女の垣根を越えて、お役によって結びついた縁が、友として繫がっているように思えました。

お寺にお出ましになるその日、初瀬様は多くの方々からのお見送りを長局までお断りになり、ただ一人、私を伴って下さいました。

初瀬様の腕には、猫の白雪が抱かれております。

「遂にそなたには懐《なつ》かなかったな」

初瀬様は苦笑交じりにそうおっしゃいます。

「懐いたのならば、この大奥に置いていこうかと思ったが、これももう十歳。寺に共に連れて参ることとしよう」

初瀬様は、小さな白い頭を撫《な》でます。白雪は初瀬様の肩に頭を預け、眠っているように見えました。しかし、薄く目を開けると、相変わらずの金色の目で私をじろりと見るのです。

「初瀬様に置いて行かれぬよう、私を毛嫌いしているのではありませんか」

「ふふ……そうかもしれぬ。浮世の縁を引きずっていくことになるのう」

そう言いつつも、白雪を連れていくことが嬉しそうに見えました。

それからは言葉も少なく、ただしみじみと長い廊下を並んで歩いて参ります。そして、お錠口《じょうぐち》が見える廊下まで参りますと、初瀬様はゆっくりと私をご覧になりました。

「ここで結構。後は頼みましたよ、これからは、そなたが初瀬じゃ」

「しかと、承りましてございます。寂しくなりますが……」

「いずれ、蓮《はちす》の台《うてな》とやらで会おうぞ」

それはどこか芝居がかって見えるほどでしたが、今生の別れのように思われて、私は涙ぐみそうになりました。が、ふと見た初瀬様の目の奥に企《たくら》みに似た光を見つけ、涙が止まります。すると初瀬様は口の端に笑みを浮かべられました。

「私は俗世から逃げるが、これもまた策。そなたはもう、一生、私には勝てぬ」

私は呆《あき》れて目を見張り、次いで笑いました。

「貴女様は、実は私も敵《かな》わぬほどの負けず嫌いでいらっしゃいますね」

「おや、知らなんだか」

「いえ、とうに存じていたようにも思います」

すると初瀬様は、深く頷かれ、私に向かって微笑まれると、そのまま踵《きびす》を返されました。

ゆっくりとお錠口へと続く廊下を歩いて行かれる初瀬様の背には、凛々《りり》しい兵のような、見事な女ぶりが窺《うかが》えました。それを見送りながら、なかなかどうして、この人には敵わないと思ったのでございます。

いくばくも

泉ゆたか

一

ある初夏の朝、湯島《ゆしま》の名医と称された高橋玄信《たかはしげんしん》は、己に残された日は長くても半年ほどだと認めた。

玄信がこの見立てに辿り着くまでは、実に十日を要した。

年を越したあたりから己の身体《からだ》に気がかりなことが増えていた。浮腫《むく》んだ足、白い瞼《まぶた》、胃に真綿を詰め込まれたように常に食欲がない。疲れを覚えると、すぐに尿や痰《たん》に血が混じった。そして絶え間ない怠《だる》さと、時折訪れる異様なまでの強い眠気。

年を重ねたせいだ、無理をしたせいだと思い込もうとしていた。

だがついに先日、往来で眩暈《めまい》を起こして倒れ込んでしまった。明らかに身体に何かが、それも大きな異変が起きているのだと認めざるを得なかった。

「さて、どうしたものか」

玄信は両腕を前で組んだ。

もしもこれが医院に運び込まれた病人ならば、きっと問診を終えたその場で家

族を呼び、「やり残したことをすべてやらせてやりなさい」と厳《おごそ》かに伝える事態に違いない。

だが己のこととなると急に目が曇った。あらゆる知識と経験を使ってどうにかして、「ただの取り越し苦労だ」という答えを探そうと、いつまでも諦《あきら》められなかった。

「私は、まだまだだな」

長く細く息を吐く。

二十歳で蘭方医の師である柳沢白山《やなぎさわはくさん》の小石川《こいしかわ》の塾から独り立ちして、湯島天神にほど近い本郷春木町《ほんごうはるきちょう》に医院を開いた。それから四十数年。当然、これまでに多くの病人を看取《みと》ってきた。

しかしいざ己がこうして彼らと同じ立場になってみると、胸の中では兎《うさぎ》の子のように臆病心が震えているのを認めざるを得なかった。

庭の雀《すずめ》の鳴き声に交じって、母屋《おもや》から息子夫婦の話し声が漏れ聞こえてくる。

「お國《くに》、ここに帳面がなかったか?」

「いいえ、存じません」

「確かにこのあたりに置いたはずなんだが……」

息子の信三郎《しんざぶろう》の声だ。失《な》くしものをした焦《あせ》りで、子供のように上ずっているのがわかる。

「見当たりませんか？　では、私の手が空きましたら一緒にお捜ししますので、それまではあなたも別のことをなさっていてくださいな」

「……そうか、済まないな」

「きっと見つかりますよ。帳面に羽が生えて飛んでいくはずはございません」

「まあ、それもそうだな。お猿が山に持って行ったというわけでもないだろうしな」

若い夫婦の笑い声。

信三郎は幼い頃から出来の良い子だった。おまけに人より小さく生まれたので、亡き妻のお松《まつ》が存分に甘やかした。

そのせいか二十をだいぶ過ぎてもどこか甘ったれが抜けない。だが嫁のお國は、そんな信三郎を、父親の玄信から見ていても感心するほどうまくあしらう。

見立ては確かだが少々気の脆《もろ》い信三郎と、誰にでもにこやかで愛想良く、しかし言うべきことははっきり言う芯の強さも兼ね備えたお國。

この夫婦ならば玄信亡き後も、少しも困ることなくこの医院を続けていくこと

ができるに違いなかった。

「お義父《とう》さん、おはようございます。朝餉《あさげ》をお持ちしました」

襖《ふすま》が開いて、膳と急須を手にしたお國が顔を覗かせた。

「まあ、朝から難しいお顔で、どうされましたか？」

お國は手際よく膳を整えながらにこやかに訊《き》く。患者に身体の具合はどうかと訊くときの、決して相手の心をいたずらに乱さない頼もしい口調だ。

「いや、何でもない。ありがとう」

玄信は礼を言って箸を手に取った。

「お茶をお淹《い》れしますね。菱田屋《ひしだや》のご隠居様にいただいた、西ヶ原千寿園《にしがはらせんじゆえん》の上等な茶葉です」

お國は、玄信の口淀んだ様子を察しているに違いない。なのに決して深入りはしない。まったく医者の女房になるために生まれてきたような女だ、と思う。

「今日は、久しぶりに墓参りに行こうと思う。医院のほうは平気だろうか？」

玄信は湯呑を手に言った。

数年前に隠居を決めた玄信は、普段は医院を息子夫婦に任せて、人手が足りない時だけは駆り出されるという具合で暮らしていた。

「もちろんです。ごゆっくりいらしてください。ここのところ気候の良い時季ですから、患者さんもさほどいらっしゃらないはずです」

お國が、青々とした葉が茂る庭に目を向けた。

朝の光に照らされた若葉は、うっとり見惚《みと》れてしまうほど美しく輝いていた。

――そうか、初夏の若葉もこれで見納めなのか。

ふいに玄信の目に涙が浮かび、視界が滲《にじ》んだ。

二

湯島切通坂《きりどおしざか》を通って墓参りからの帰り道、玄信はこれまでになく亡き妻のお松のことを近くに感じた。

お松と所帯を持ったのは、玄信が二十一になった年だった。

玄信の師であった柳沢白山のひとり娘だった。華やかな顔立ちというわけではなかったが、丸い顔に優しそうな目をしていた。よく気が利き、甲斐甲斐《かいがい》しく父の白山の身の回りの世話をしている姿に心惹かれた。

白山に話を持ち掛けられた場で、玄信は「お松さんがそれでよろしいと仰《おっしゃ》る

ようでしたら」と動じることなく受け入れる体《てい》を見せた。

しかし胸の内はひどく高鳴った。北向きの長屋の部屋に戻り寝ころんで天井を見上げていると、お松の控えめな柔らかい笑顔が胸に浮かんで、だらしなく頬が緩《ゆる》んだものだ。

「そうだ、この道だ」

ふいに気付いて、足が止まった。

あれから長いときが過ぎた。湯島天神から不忍池《しのばずのいけ》へ抜けるこの道は、すっかり様子が変わっていた。

あの日の玄信とお松は、確か白山の妻の計《はか》らいで二人きりの用事を言いつけられたのだ。

──私たちの祝言《しゅうげん》は、もうじきになりますね。用意は整いましたか？

己の若い声が、耳の奥で昨日のことのように蘇る。

お松は驚いたように目を見開くと、急に顔を真っ赤にして俯《うつむ》いてしまった。

──すみません。仕事の場で話すことではありませんでしたね。お許しください。

しどろもどろになりながら、玄信も顔がかっと熱くなるのを感じた。

あのとき玄信は、懐に珊瑚玉《さんごだま》の簪《かんざし》を忍ばせていたのだ。

お松と所帯を持つと決まってすぐ、夢見心地で湯島天神参道にあった簪屋に引き寄せられた。女に簪を贈ったことなど一度もなかった玄信は、目玉が飛び出るほど高価な簪を女将《おかみ》に勧められたままに買い求めた。

この紅い珊瑚玉の簪は、お松の豊かな黒髪にきっと美しく映《は》えるに違いない。ぜひ祝言の日に髪に挿して欲しい。

そう言って手渡したいと思い続けたままいつまでもそんな機は訪れず、このままでは祝言の日になってしまうと焦っていた。

「……あの簪は、どうしただろう」

玄信は眉間《みけん》に微《かす》かに皺を寄せて、遠い記憶を辿った。

思い出せるような、思い出せないような。そんな靄《もや》の中を彷徨《さまよ》っていると、ふいに背後から声を掛けられた。

「わわっ！　そこにいらっしゃるのは、玄信先生じゃねえですかい？」

振り返ると、春木町の裏長屋で暮らす桶《おけ》職人の八助《はちすけ》が目を輝かせていた。

「ああ、八助か。奇遇だな」

もうじき三十になる八助とは、それこそ八助がおぎゃあと生まれたときからの

付き合いだ。具合が悪くなるたびに玄信が身体を診《み》てやっていた。

「こりゃありがてえ、命拾いしたぜ！　先生、聞いてください。たいへんなんだよ。ここんところ腹に糞《くそ》が詰まっちまって、どうにもならねえんだ」

「な、何だって？」

思わず裏返った声で訊き返した。

「へ？　だから腹んところにさ……」

八助が己の腹を撫でて、泣き出しそうな顔をする。

「い、いや、よくわかった。そうか、それは辛い思いをしたな」

慌てて取り繕った。喰う寝る出すは、身体を壮健に保つのに最も大事なことだ。

八助の訴えは、冗談でも笑いごとでもない。

「まずは、腹いっぱいになるまで水を飲みなさい。それからひじきと山芋を喰うといい。それから、腸は腹にこのような形で伸びている。腹を右回りに撫で摩《さす》ると良いぞ」

玄信は屈《かが》みこんで八助の腹を丹念に撫でてやった。確かに腹が張って苦しそうだ。

「へへっ、餓鬼《がき》の頃を思い出すな。玄信先生はいつも優しいんだ」

「これを試して良くならなければ、いつでも医院に来なさい。よく効く薬がある。お前が大嫌いな、苦い、苦い薬だがな」

わざと脅《おど》すように言うと、八助は「ひえっ」と子供のような顔で笑った。

「玄信先生、ありがとう。すぐに言われたことを試してみるよ」

「ああ、それと少しでも具合が悪い日はくれぐれも酒は控えて、無理せず養生して過ごしなさい」

八助と別れた玄信は、また坂道をゆっくり歩き出す。

「ええっと、何のことだったか……」

何か大事なことを考えていたような気がするが。

「まあ、玄信先生！　そこにいらっしゃるのは、玄信先生じゃないですか？」

思い出しかけていたところで、再び声を掛けられた。

「やあ、お朱鷺《とき》さんか」

振り返ると、ひと頃、よく医院にやってきていたお朱鷺という名の女の姿があった。八助と同様、道で玄信に出くわした偶然に目を輝かせている。

確かこのお朱鷺は芸者上がりの女で、玄信の医院からほど近いところで三味線《しゃみせん》を教えていたはずだ。

「ちょうど今日にでも、医院に伺おうと思っていたところなんですよ。玄信先生、聞いてくださいよ。私、首のところにこんなみっともないできものが……」

「これ、よしなさい。人に何事かと思われるぞ」

お朱鷺が胸元を勢いよく開いて見せたので、玄信は仰天した。

「あら、そんなこと私は少しも気にしませんよ。そんなことより、このできものが痒《かゆ》くて痒くて、夜も眠れなくて苦しくてたまらないんです」

お朱鷺は悲痛な声を絞り出した。

「痒くて夜も眠れないのか。それは辛いだろう。どれ、見せてごらんなさい。あ、これはあせもだ。汗を拭《ぬぐ》って、なるべく肌を乾かしておくように気をつけなさい」

「白粉《おしろい》を塗っちゃいけませんか？」

「白粉だって？　それはいけない。荒れている肌に白粉を塗ったら、肌がもっとかぶれやすくなる」

「ええっ、それじゃあもしかして、このできものを隠すために白粉をたくさん塗ったせいで、どんどん悪くなってしまったんでしょうかね」

「あり得る話だ。当分はとにかく肌をいじってはいけない。小まめに手拭いで汗

を拭うくらいにしておきなさい」

「わかりました。気を付けます。玄信先生にご相談できてよかったです」

軽い足取りで去って行くお朱鷺を見送ったら、ふいにどっと重い疲れとひどい眩暈に襲われた。

玄信はしばらくその場で立ち竦《すく》み、眩暈がましになるのを待った。

無理もない。私は大病を患《わずら》った身なのだから。

そう己に言い聞かせて、恐る恐る歩き出したそのとき。背後からまた声が響いた。

「わわっ！　玄信先生！　そこにいらっしゃるのは、玄信先生ですね⁉」

玄信はげんなりした気持ちをぐっと抑えて、「ああ、そうだ」と振り返った。

三

家に辿り着いた頃には、玄信は疲労困憊《こんぱい》してその場に立っていることさえ覚束《おぼつか》ない心持ちだった。

額《ひたい》には冷汗《ひやあせ》がびっしょりと滲んでいる。息が上がり拍動がおかしい。

頬に触れてみると、ぎょっとするほど冷たかった。

「いやあ、今日はくたびれた……」

独り言を口にしたくとも、うまくろれつが回らない。こんなときは横になる安静が何より大切だ。

玄信は奥の部屋で、畳の上に身体を横たえた。

己の身体に気を研《と》ぎ澄ませて天井を見つめる。

目がひどく霞《かす》んでいた。表で歩いているときは気を張っていたが、ひとりになると身体中、特に五臓六腑がしくしく痛んでいると気付く。やはりこの身体はもう長くはもたないということが、医者の頭でよくわかる。

今日は、あれからさらに三人に声を掛けられた。

それぞれの訴えは、鼻づまり、尻のできもの、赤ん坊の疳《かん》の虫だ。まさに命が果てようとしている玄信の身と比べれば笑ってしまうような軽いものばかりだが、不調を訴える当人たちは真剣だ。

玄信はそのひとりひとりの話を聞き、手当ての方法を懇切《こんせつ》丁寧に教えてやった。

普段、道を歩いていて、これほど声を掛けられることはそうそうない。

「墓参りのせいか……」

お松の顔が浮かんだ。若き日の顔と、年を重ねてからの顔、それが玄信にだけわかるような形で重なった姿のお松だ。

——ひとまず、日々を忙しくして参りましょう。

玄信が夜も眠れなくなるような悩み事を抱えていると、お松は決まってそう言った。

悩みが深いと、余所事《よそごと》に忙しくするなんてとんでもないという気分にもなった。だがお松の言うとおり、渋々ながら敢えて日々の雑事に追われるようにしてみると、不思議と気が休まったものだ。

あの騒々しい患者たちは、己の余命を悟って気弱になった玄信のためにお松が遣わせたのかもしれない。

玄信は天井を見つめながら、いつの間にか深い眠りに落ちていった。

四

「信三郎先生！　たいへんです！　あれ？　どなたか！　どなたか、いらっしゃいませんか？」

耳元で叫ばれたような大声に、玄信は「わっ」と叫んで跳《は》ね起きた。

信三郎を呼んでいるということは、医院を訪れた者だろう。

確か信三郎は、お國を伴って菱田屋のご隠居のところへ往診《おうしん》に行くと言っていたはずだ。

玄信は激しい拍動を刻む心《しん》ノ臓《ぞう》をなだめつつ、頼りない足取りで医院の入り口へ向かった。

「どうされましたかな」

「信三郎先生はいらっしゃいますか？　息子が、たいへんなんです」

そこにいたのは年の頃二十代半ばほどの女だった。

七つくらいのそこそこしっかりした少年を、まるで赤ん坊のように軽々と背負っている。少年は赤い顔をしてぐったりした様子だ。高熱があるに違いない。

「熱を出したのはいつからだ？」

玄信が慣れた手つきで少年の瞼の裏の色を見始めると、女は不思議そうな顔をした。

「失礼ですが、あなたは……？」

「私は医者の高橋玄信だ。一応隠居の身ではあるが、今でも時折こうして息子を

手伝いつつ病人を診ている」

「つまり、信三郎先生のお父さままでいらっしゃいますか！　それはそれは。玄信先生、何卒《なにとぞ》、権太《ごんた》のことをよろしくお願い申し上げます。権太が熱を出したのは、三日前からです。今朝まではこちらが話しかけると必ず返事をしていたのですが、つい先ほどから応《こた》えなくなって、急に恐ろしくなって大家さんから教えてもらったこの医院へ参りました」

女は切れ長の目を見開き、薄い唇を結んだ。

若い女、それも子を持つ母だというのに、目も鼻も口も丸いところがあまりない、少年のような顔つきだ。ひどく動揺しているはずなのにきちんと順を追って話す様子からすると、なかなか頭がよく回る。

「受け答えをしない、か……」

少年は苦しそうではあるが、息も脈も危なっかしいところはない。血色も悪くはなく、喉も肺も無事だ。さほど重い病には思えない。

しばし考えていると、少年が震えるように首を振った。

あっと思い当たる。

「耳を診せてごらんなさい」

少年の耳を見ると、耳の穴が真っ赤に腫《は》れ上がって熱を持っていた。

明らかに異変のあるその様子に、玄信は「よし、これだ」と胸の内だけで密《ひそ》かに頷く。

「もしかすると、これが原因かもしれない。耳の奥の膿《うみ》を抜いて、清潔を保たなくてはいけない。さあ、中へいらっしゃい」

玄信が言うと、女は「ああ」と呻《うめ》いて両手を合わせた。

「玄信先生、どうぞ権太をお救いください」

「それほど案ずることはないぞ。耳垂《みみだ》れの手技は、これまで数えきれないほどやっている」

女が顔を上げた。

涙でいっぱいの女の目からは、先ほどのひりつくような鋭《するど》さが消えていた。

「私に任せておきなさい」

女は玄信に、深く深く頭を下げた。

五

「ずいぶん膿が溜まっていたが、すべて取り除くことができた。あとはしっかり養生を心掛ければ、日に日に良くなるだろう」

「ありがとうございます。玄信先生は私たちの命の恩人です」

女が涙声で言った。

「権太をしばらくここに寝かせておいてもよろしいですか？」

畳の上で倒れたように眠る権太に目を向けた。権太は顔じゅうに涙と洟水《はなみず》をべっとり付けている。

「ああ、構わない。手技の後は疲れているだろう。無理に起こすことはない」

膿を抜くために耳に針を刺された権太は、当然のことながら甲高《かんだか》い声を上げて泣き喚《わめ》いた。それを女と二人で渾身《こんしん》の力で羽交《はが》い絞《じ》めにして押さえつけたのだから、玄信のほうもへとへとだ。

「私は澄《すみ》と申します。里から江戸に女中奉公に送られた先で知り合った男と所帯を持ちましたが、その男がまあ、とんでもないろくでなしでした」

女がようやく名乗った。息子の身体が落ち着いてほっとしたのだろう。

「女にだらしないわ、酒を呑んで暴《あば》れるわ、おまけに借金塗《まみ》れの嘘つきときては、権太にとって良いことは何もありません。あら、玄信先生どうなさいました？」

「いや、何でもない。続けてくれ」

無事に手技を終えて気が抜けたのか、急に酷い眩暈を感じて眉間に掌《てのひら》を当てた。しかし平気な顔を取り繕う。

「権太を連れて着の身着のまま長屋の部屋を飛び出して、昔の女中仲間の家に身を寄せました。ですが晦日《みそか》までには出て行かなくてはいけません。仕事を探し始めた矢先に、権太がこんなことに……」

「どんな仕事を考えているんだ？　幼子がいて、さらに宿無しとなると限られるだろう」

そういえば菊坂《きくざか》の一膳飯屋《いちぜんめしや》で人手が足りないと言っていたな、と思い出す。昼は一膳飯屋、夜には呑み屋に変わる忙しい店ではあるが、確かあそこならば店の二階に奉公人のための部屋を用意してくれたはずだ。

あそこの親父は幼い頃から知っている。玄信の口利きならば、決して悪いようにはしないだろう。

私に任せておきなさい、と言いかけたところで、お澄が鋭い目で玄信を見た。

「覚悟はできております」

刃《やいば》をこちらに向けるような目にぎょっとする。

「まさか、色を売るなんて考えてはいないだろうね？」

裏返った声が出た。

「無論、そのつもりです」

「馬鹿なことを！」

玄信は思わず顔を顰《しか》めた。

「こんなに可愛い子がいて、なぜわざわざそんな道を選ぶ必要がある？　母子二人が食べていくだけならば、もっと実直でまともな仕事がいくらでも……」

「私は、権太にたくさんの金を掛けてやりたいのです。学びを授け、私のように惨めな暮らしから抜け出す術《すべ》を与えたいのです」

「学び、だって？」

玄信は、鼻提灯《はなちょうちん》を作って呑気《のんき》に眠る権太に目を向けた。

百姓の子が大名になることは決してない、生まれ持ったもので生きていくしかないご時世だ。しかしそれでも人並外れた学があれば、ずいぶんましな暮らしが

できる。金に困ることはあるだろう。けれど少なくとも明日の飯に困るような思いはしなくて済むのだ。

人の情けに頼って糊口《ここう》を凌《しの》ぐのではなく、己の身を削りながらでも我が子に学を授けたい。

お澄の言うことはずいぶん突飛な考えではある。だがあながち間違っているわけではなかった。

玄信はお澄をじっと見つめた。

「ならば、医者になるか？」

言葉が流れ出た。

「どういう意味ですか？」

お澄の眉間に怪訝《けげん》そうな皺が寄った。

「私が師のところで学んでいた際の弟《おとうと》弟子に、石渡仙斎《いしわたりせんさい》という者がいる。越《えち》前国府中《ぜんのくにふちゅう》領の医家の生まれで京の新宮塾《しんぐうじゅく》で学んで後、今は本所深川《ほんじょふかがわ》で蘭方《らんぽう》医学の塾を開いている」

「はあ……」

矢継ぎ早に繰り出される厳《いか》めしい言葉の数々に、お澄は話が少しも見えない様

子だ。

「そこでお前が医学を学び、医者として働いてはどうだ？　色を売るよりもお前に合っているのではないか」

「私が学ぶですって？　まさか、そんなことを考えたこともありません。私は女ですよ？」

お澄が己の豊かな胸元に手を当てた。怒ったような顔をする。

「このところは、女医者もいると聞く」

「でもそれは、医者の家に生まれた跡取《あとと》り娘のお話でしょう。私のように、どことも知れない生まれの田舎女に、何ができましょう？」

「学びの道は、すべての者に開かれている」

お澄がぐっと黙り込んだ。

しばらく沈黙が訪れる。権太のいびきの音だけが響いた。

「もしもそう望むならば、私はいくらでも手助けをしよう。一晩、しばらくじっくり考えてみなさい」

「……玄信先生、ほんとうに私なぞが医学を学ぶことなど、できるのでしょうか？」

血の気の失せた白い顔をしたお澄が、恐る恐るという様子で訊いた。

――何でもできる。

玄信はお澄の若い力の漲《みなぎ》った黒い瞳に向かって頷いた。

お前ならばこれから何でもできる。

朝まで書物に没頭することも、友と語り明かすことも、己の力が役に立った喜びに胸を躍らせることも、生きる意味を見失った心持ちになって、存分に苦しみ惑うことも。

玄信がこの世で味わってきたことのすべてが、走馬灯《そうまとう》のように色鮮やかに蘇った。

六

次の朝、お澄は、昨日の弱々しい姿が嘘のように生気を取り戻した権太を伴って、再び玄信の前に現れた。

「玄信先生、昨日はありがとうございます。あれから一晩考えました。学ぶことと色を売ること、どちらが苦しく辛い道のりなのでしょうかと」

大きすぎる目論見《もくろみ》を諦めて慎ましく静かに生きようというつもりなぞ、はなからないようだ。悩むのは、あくまでもどの道を行くかのみだ。

この女はものになるぞ、と玄信は密かに思った。

「そして答えはどうなった？」

「私は学びに賭けようと思います。色を売るには病が付き物です。早くに身体を壊して、権太の側にいられなくなってしまっては元も子もありません」

「賢明な考えだ」

まさかここまでやって来て、色を売ると決めたとは言い出さないと思ってはいたが。

お澄のまっすぐな目を守ることができた気がして、随分とほっとしている己がいた。

「読み書きはできるか？」

「ええ、少しでしたら」

お澄がこちらを挑むような目で見た。言葉とは裏腹に、読み書きは得意なのだろう。

「ならば、一通りの手習いを見せて御覧なさい」

玄信はお澄と権太を家に招き入れた。

廊下を進むとき、母屋から信三郎とお國が患者と話している声が聞こえた。

「婆さま、これは水虫です」

「へえ？　ひずむち？　なんですかそれは？」

「みーずーむーしー、ですよ。困ったなあ」

「先生、婆さまは、目のほうははっきりしていらっしゃいます。紙に書きながらお話しされてはいかがですか？」

「紙？　そうか、そうしよう。お國、済まないな」

ふいに、お國にこの二人のことを説明するのは、なぜかひどく面倒なことに感じた。

「権太、かけっこをしようか。どちらが先に廊下を渡るか、私と競争しよう」

物珍しそうにきょろきょろと周囲を見回しながらのんびり歩いている権太に、声を掛けた。

権太の顔がぱっと華やぐ。

「かけっこ？　いいよ！」

「ああ、そうだ。しかし、ここでばたばたと音を立てて走り回っては、医院の皆

いこう」
が何事かと思う。忍者のかけっこだ。足音を少しも立てず、声も上げずに走って
「うん、うん、忍者のかけっこだね」
権太が声を潜《ひそ》めて、心から嬉しそうに笑う。
「玄信先生、ありがとうございます。権太はあの父親と離れてからは、こうして
男の人に遊んでいただける機会がないのです」
——男の人。
深い意味はないとわかっていた。ただ男に男と言っただけだ。
しかし思った以上に胸に迫る言葉だった。
そう遠くないうちに死を迎えようとしているはずの己のことが、お澄にはまだ
頼もしく力強い男に見えるのだ、と言われたような気がした。
「さあ、いくぞ！」
権太の尻をぽんと叩いて、二人で廊下を進む。音を立てずに、さらに素早く早
足で進むのは、自ずとひどく滑稽《こっけい》な仕草になる。
「玄信先生、楽しいねえ、愉快《ゆかい》だねえ」
権太は玄信の着物の袖にしがみ付いて、腹を抱えて笑う。

「あらあら、玄信先生、すみません。権太、よかったね。嬉しいね」

お澄の鈴が鳴るような笑い声が廊下に響いた。

七

お澄と権太が帰ってから、玄信は急に静かに感じられる部屋でしばし物思いに耽《ふけ》った。

文机《ふづくえ》の上に広げた紙には、お澄の字がびっしりと書き込まれている。

『小野篁歌字尽《おののたかむらうたじづくし》』

たくさんの漢字を部首ごとに歌にしたもので、読み書きそろばんを終えた少し大きな子供が学ぶものだ。

――久しぶりに字を書きました。楽しいですねえ。権太、おっかさんがあんたぐらいのときは、こんなふうに、ちょいちょいっとね。

なんて言いながら、お澄は複雑な漢字の数々を鼻歌交じりにすらすらと書いた。

この女は『小野篁歌字尽』をすべて頭に入れているのか、と驚愕《きようがく》した。

秀才と名高かった息子の信三郎でさえも、漢字だらけのこの本を丸ごと覚える

なんてことはしていなかったはずだ。

若いうちの学びに必要なものは、何より先人たちの遺《のこ》したものを読み込み諳《そら》んじる力だ。それが幾年もかけて血となり肉となり、ついに新たな閃《ひらめ》きが生まれるところを、玄信はこれまで幾度も目にしてきた。

「まさに、仙斎に文《ふみ》を書いて知らせるべき才だな。このまま埋もれさせてしまうには、あまりにももったいない。才を見出し、その苗に水を与えるのが、我々年寄りの役目だ」

玄信は己に言い聞かせるように唸《うな》った。

石渡仙斎の私塾は、京への遊学までは叶わないながらも学問の才のある子女に、京と同じだけの精度の蘭方医学を授けるという志によって作られた場だ。

私塾に通うのは、そこそこの商家《しょうか》や、武家の次男三男坊が多い。少し前に仙斎と話したときは、女の弟子も数名いると聞いた。

「ううむ」

渋い顔になった。

お澄は確かに聡明な女だ。しかし、私塾の中でさえも輝くばかりの才を放つかと聞かれると、それは少々難しいと言わざるを得ない。

幼い頃からずっと学びに打ち込んできた者たちの経験というのは、やはり重みがある。

「だが、仙斎、お前ならわかってくれるだろう。我々の志というのは、学びを求める者のすべてに学ぶ場を開くこと、そして腕の良い医者を育て一人でも多くの病人を救うことだ」

玄信は文机に向かい、仙斎への文をしたためる。

遠い昔の若い頃、仙斎と語り合った日々を思い出す。

そうだ、あれはこの家のこの部屋での光景だ。

――医者というのは何とも厳しいものです。書物から学びを得る賢さ、患者の病を見立てる力、そして患者の話をとことん聞く面倒見の良さ、このすべてを兼ね備えなくてはいけないのですから。

若い仙斎が、お松に酌《しゃく》をされながら、酔った赤い顔で語っていた姿が浮かぶ。

医者の家に生まれたお松にとっては、その苦労がもちろんよくわかるのだろう。

仙斎の言葉を、うんうんと姉のように優しく頷きながら含み笑いで聞いてやっていた。

――だが、患者の具合が良くなったときの喜びは、何ものにも代え難いものだ

ぞ。

玄信は、兄貴分らしく言った。

――仰るとおりです。特に明日をも知れぬ様子で弱っていた幼子が、再び生きる力を取り戻すさまなどは、生涯忘れようもありません。

いくつもの可愛らしい顔を思い出していたのだろう。仙斎は涙ぐんで己の胸を拳《こぶし》で叩いた。

――いつかは私も年を重ねます。物忘れが激しくなり、手技の手元は覚束なくなります。そうなる前に、後進を育てる私塾を開くのが夢なのです。生まれ育ちに関わりなく、志のある者が皆、とことん学ぶことのできる私塾です。

それから仙斎は、ほんとうに私塾を開いた。己の夢を叶えたのだ。

玄信は筆を運ぶ手を止めた。

腹の痛みにうっと息を詰める。やり過ごす方法はわかっていた。鈍《にぶ》い痛みが消えていくまで、静かに浅い息を吐く。腹の上をゆっくりと大きな岩が転がっていくのを待つような心持ちだ。

ようやく痛みの波が去ったところで、改めて文机に向かう。

《お澄という女がいる。年増の子持ちではあるが、我が子のために、そして己の

ために医者になるために学びたいという強い志のある女だ。貧しい生まれに諦めず、己の力で道を切り開こうとする天晴《あっぱれ》な女だ。仙斎、どうだろう？　お前の塾でお澄を引き受けてはくれないだろうか》

胸の内で旧知の友に語り掛けながら、あの痛みがぶり返す前にと、一気に文を書き上げた。

「やれやれ、このところ文ひとつ書くのにも一苦労だ」

宥《なだ》めるように腹を撫でて、ため息をつく。

墨を乾かす匂いを感じながら、遠い昔の光景が再び目の前に蘇る。

――夢。

あのときお松は、急に動きを止めて、ぼんやりした顔で仙斎のきらめく言葉を繰り返したのだ。

怪訝そうな玄信の目に気付き、はっとしたように口を噤《つぐ》んだお松の横顔は、微かに赤らんでいたような気がした。

八

《お澄と申す者とその息子。私がすべてお引き受けいたします。玄信殿のご紹介、何があろうと無下《むげ》にはいたしませぬ》

ほどなく届いた仙斎からの返事は、竹を割ったようにさっぱりとした、この上なく頼もしいものだった。

玄信は力強い筆で書かれたその文を手にしたまま、しばらく込み上げてくるものを嚙み締めた。

仙斎の言葉の一つ一つが、有難く胸に染みた。

柳沢白山の元で初めて仙斎と出会ってから長いときが経った。二人が過ごしてきた流れのすべてが愛《いと》おしく思えた。

ふいに涙が込み上げてきて、一粒だけぽとりと落ちた。玄信は己の骨ばった手に目を落とした。

仙斎に文を送ってから返事が届くまでのほんのわずかな間に、玄信はまたぐんと痩せた。いくら物を喰っても面白いようにどんどん身体が軽くなる。もうしば

らくすると、水も食い物も身体が受け付けなくなるのだとわかっていた。

だがそれがどうした、と思った。

私の身体が消えた後も、お澄は仙斎の元で学びに励んでくれるに違いない。背筋をしゃんと伸ばし薬箱を携《たずさ》えて病人の前に現れるお澄を思い描くと、まるで若き日に己の先行きをあれこれ夢想したときのように胸が躍った。

早速《さっそく》、お澄にこのことを伝えなくてはいけない。

玄信はよろつく足取りで表に出た。

確かお澄は、切通坂下の女中仲間のところに居候をしていると言っていた。帰り道の上り坂を考えると少々ひやひやしながら、湯島天神前の急な坂を早足で下った。

「あっ」

ふと足元が縺《もつ》れてもんどり打って転びそうになり、肝《きも》が冷えた。

すんでのところで姿勢を立て直したが、このまま転んでいたら大怪我をするところだった。身体じゅうが冷汗でびっしょりになっていた。

見ると、草履《ぞうり》の鼻緒が千切れてしまっていた。

——このままでは歩けないな。

玄信は湯島天神の参道にある水茶屋に入ることにした。親切な店の女将に布切れを貰《もら》い、店先の床几《しょうぎ》で手早く草履を直す。

「先ほどはありがとう、おかげでどうにか格好が付いた。女将さんによろしく言っておくれ」

茶と団子を運んできた水茶屋の娘に礼を言って、玄信は改めて参道を行く人の流れを見つめた。

誰もが若く輝いて見えた。どこもかしこも、雨上がりの光のように澄んだ美しいものに覆われていた。

「おとっつぁん、風車《かざぐるま》買ってよう」

父親に手を引かれた小さな女の子が、通りの出店《でみせ》を指さして言った。ちょうど七つになるかならないかくらいの齢《とし》だろう。

「あたし、いい子にしているよ。おっかさんの看病もきちんとするし、弟たちの世話もちゃんとやるよ。掃除も毎日きちんとするよ。だから買ってよう。大事に、大事にするよう」

おそらく父娘で、母親の病の平癒祈願《へいゆきがん》に訪れたに違いない。幼い身で父親を支

え、母親の看病も小さい兄弟たちの世話もしている、ずいぶんしっかりした娘だ。

しばらく父子の後ろ姿を目で追うと、風車屋の前で二人の足が止まった。

女の子が飛び上がって喜ぶ姿に、玄信は眉を下げてにっこりと笑った。

ふと思い出す。あの店はどうなっているだろう。

参道から脇に一つ逸《そ》れた道に入ったところにある、小ぢんまりとした簪屋。

店の中は薄暗く、女将らしき上品な物腰の女が慇懃《いんぎん》に出迎えてくれた。

――いらっしゃいませ。大事なお方への、贈り物でございましょう？

女将は玄信に目くばせをするようにして、ゆったりと笑った。後ろには、出店の風車のように色とりどりの鮮やかな、そして目玉が飛び出るくらい高価な簪ばかりがずらりと飾ってあった。

まだ二十歳だった玄信は、何とも場違いなところに来てしまったと身が竦んだものだ。

遠い昔のことだ。もう店じまいしてしまったかもしれない。

「けれど、もしかしたら……」

玄信は床几に手を添えてどうにか立ち上がった。

妙にくっきりと浮かび上がる記憶に従って、人の波を縫《ぬ》いながら参道を進む。

確かここの脇道を入ったところだった。

目印になったはずの店はすっかり別の商売に鞍替《くらが》えしていた。だが脇道に一歩入ったそのとき、胸が締め付けられるような懐かしさを覚えた。

陽の射さない脇道は、参道の喧騒《けんそう》が嘘のようにひっそり静まり返っていた。左右には表店《おもてだな》の裏口やまだ戸が閉まった一杯呑み屋がある。小さな薬屋の店先では、野良猫が店先に積まれた荷に頬を擦り付けて昼寝をしていた。

若き日の己の身体から立ち上る汗と脂の混じった男臭さが、ふっと通り過ぎた気がした。

あの日玄信は、頭にぎっしり詰まったものを振り払うような心持ちで表に出てきたのだ。

ひとりの部屋にいると、お松の白く柔らかい肌が目の前にちらつき、居ても立ってもいられない気分になった。あの女が俺の女房となるのだ、いずれは俺の子を産むのだと思うと、押し寄せる欲望と同時に、もう気軽な若者暮らしには後戻りができないのだという畏《おそ》れに似たものを感じた。

――か、簪はありますか？　妻になる女に贈る、この店でいちばん素敵な簪が欲しいのです。あ、け、けれど、さほど金子《きんす》があるわけではないのです。私は見

てのとおりの、貧乏暮らしの医者の見習いの身です。

己の裏返った声が耳に響く。

――この世でいちばん幸せなお方に贈る、素敵な簪でございますね。お任せくださいませ。

あのとき、女将は歌うように滑《なめ》らかに言った。

玄信は脇道を進んでいた足を止めた。目を細めて見上げる。

この店だ。間違いない。

古びているのによく手入れをされて磨き上げられた木戸。店先にある〝簪〟と書かれた看板。

玄信は小さく息を吸った。痩せた頬を少しでも力強く見せようと、奥歯を嚙み締める。

「いらっしゃいませ」

出迎えたのはあの女将だった。

「大事なお方への、贈り物でございましょう？」

女将の髪は白くなり頬が弛《たる》み、目尻は垂れていた。だがあのときのままの目でゆったりと笑った。

九

あれから切通坂下の女中仲間のところに向かい、ちょうど買い物で留守にしていたお澄に言伝《ことづて》を頼んだ。

話を聞いた女中仲間は「お澄が塾へ通うですって？　まさかそんな！」と目を丸くして驚いた。

最初は半信半疑の様子の女中仲間だったが、玄信が事情を説明するうちに「よかった、よかった」と目に涙を浮かべて喜んだ。

「あの子は若い頃から、人とは違う光るものがあったんです。私たちがいくら考えてもわからない難しいことも、あっという間に閃いてしまうんですからね。それを見出してくださったなんて、玄信先生は神様ですよ」

女中仲間は拝むように言って、「二日後の暮れ六つに、〝うな川〟の前で会おう」との言伝を必ずお澄に伝えると約束した。

うな川は、不忍池畔《ほとり》にある老舗《しにせ》だった。鰻《うなぎ》を出す店ではあったが数百文で痩

せた蒲焼《かばやき》の載った鰻丼を出すようなところではなく、主に祝いの席や金持ちの会合などで使う料亭だ。

四十に近づいた頃、玄信は、金持ちの病人を治した礼にこの店に招かれたことがあった。

お猪口《ちょこ》のように小さな器に盛られた、細やかで色鮮やかな料理の数々を口に運ぶと、妙に窮屈な心持ちになった。

こんなおもちゃのような料理は少しも喰った気がしない。帰ったらお松の手料理をもう一度喰おう、なんて考えた。しかし同時にあの日の玄信は、気力も体力も漲り仕事も実りを迎えた、人生のいちばん良いときを味わい尽くすような満足感を覚えてもいた。

――人生のいちばん良いときがいつかなんて、後にならないとわからないものだ。

玄信はうな川の店の前に立ち、二階の座敷を見上げた。

あの頃の玄信は、もっと学び、仕事を、金を、生き甲斐を、と、常に何かに駆り立てられるように飢《う》えていた。これから暮らし向きは良くなるばかりで、もしもそうならないとすれば、それは己の怠惰《たいだ》の報いであるかのように思っていた。

あれからほどなくして、玄信は初めて己の衰《おとろ》えを自覚した。日々懸命に励み一切の怠け心を持たない暮らしを心掛けようとも、昨日できていたはずのことが今日できなくなるという哀《かな》しみを知った。

今日、新たな門出を祝ってやる思い出は、お澄の胸に残ってくれるだろうか。己の運命を変えた恩人として、玄信のことを折に触れて思い出してくれるだろうか。

――そろそろ、お澄は現れてもいい頃だが……。

急に聞こえた甲高い嬌声に、はっとした。

玄信の背後を、酔った男女が身をくねらせて通り過ぎる。二人は堂々といちゃつきながら暗がりに消えていった。

ここは不忍池畔、別名上野池之端《いけのはた》だ。男と女が逢引きをする出合茶屋《であいぢやや》が立ち並ぶことで知られた場所だ。

急に玄信の胸に不安が広がった。

うな川は、不忍池畔とはいえ湯島天神にほど近いあたりにある。決していかがわしい店ではない。けれどこの辺りに詳しくない若い女にとっては、警戒の理由になったのかもしれない。

――まさか、そんなつもりは毛頭《もうとう》ない。

顔がかっと熱くなる。

違うんだ、と弁明したい気分になった。お澄のことをそんな目で見たことは、神仏に誓って一度もない。お澄の権太を想う母心に、そして隠された学びの才に感銘し、ひとりの医者として、何とかして力になることはできないかとそれだけを思っていたのだ。

「ねえ、玄信先生」

足元で間の抜けた声が聞こえた。慌てて下を見る。

権太が青っ洟を垂らしながら、玄信の着物の裾《すそ》を引っ張っていた。

「なんだ、権太か。驚いたぞ。おっかさんはどこだ？」

権太が一緒ということか。

かえってほっとした。

考えてみれば、母親が我が子に美味いものを食べさせてやりたいと思うのは当たり前だ。子連れはあまり見かけない店ではあるが、小部屋に通してもらえれば問題ないだろう。

「おっかさんは、来れないよ」

「何だって？」

「さっき、仙斎さまから文が届いたんだ。今宵、塾生が湊屋《みなとや》に集まって〝語り明かす会〟があるってね。おっかさんのことを皆に紹介するいい機会になるから、ぜひいらっしゃいって言われたんだ」

権太は母親譲りの賢そうな目をくるくるさせながら、説明した。

「湊屋か……」

小石川にある湊屋のことだとすぐにわかった。遅くまで二階の座敷を開いている、小汚い居酒屋だ。

柳沢白山の元で学んでいた頃から、仙斎は男のひとり暮らしの部屋に迷い込んだような湊屋の店構えを気に入っていた。あそこで、二人で幾度となく夜通し議論を交わしたものだ。

「おっかさん言っていたよ。玄信先生、約束を違《たが》えてしまってほんとうにごめんなさいってね。これはおっかさんからのお礼の文だよ」

権太が懐から出した文に目を走らせる。

《玄信先生　あなたは私の恩人です。この御恩は、生涯決して忘れません》

お澄の文は輝いて見えた。美しい筆で、玄信への溢れんばかりの感謝の言葉と、

先行きへの胸の高鳴り、そして祝いの席へ向かえないことへの詫《わ》びの言葉が綴られていた。

「そうか、わかった。承知した」

身体から力がへなへなと抜けていくのを覚えながらも、玄信はどうにか痩せ我慢で笑った。

権太が玄信の胸の内を窺うような顔で、こちらをじっと見る。

「おっかさん、玄信先生に会えるのを楽しみにしていたんだ」

ああ、そうか。私もそうさ。

玄信は胸の内だけで力なく言った。

けれどお澄は、若い仲間と夜通し語り明かす会のほうを選んだのだろう。きっと私のような年寄りと堅苦しい席を囲むよりも、お澄にとってはそちらのほうが数倍も楽しいに違いない。

そんなふうに僻《ひが》みっぽいことを思ってしまう己に辟易《へきえき》した。

思っていた以上に、私はお澄と過ごすこのときを楽しみにしていたのだ。

「けどおっかさんね、玄信先生なら必ずあちらに行きなさいと言うに違いない、って」

玄信は息を呑んだ。

「玄信先生だったら『私との約束なぞ少しも構わない。塾生の皆のところに行きなさい』って言うだろう、って。おっかさんは間違っていたかな？」

権太が不安そうな顔をした。

「――いや、間違っていない。おっかさんの言うとおりだ」

己の声の力強さに驚いた。

胸の内に、これまで玄信が師と呼んだ者、年寄りとみなした者、そしてこの世から見送ってきた年長の人々の面影が次々に広がった。

若き日の玄信が晴れがましい思いでまっすぐに進んだ道を、驚くほど温かい目で見守り続けてくれた人々の顔だ。

玄信はしっかりと頷いた。

「権太、お遣いご苦労だったぞ。よくひとりで、ここまで来れたな」

「こんなのおいらには何でもないさ。湯島の坂道を下りていたら鰻の匂いがぷんぷんしていたから、それを辿ってきたよ」

権太が鼻をひくつかせてみせた。小さな腹がぐうっと鳴る。

「ならば、お前が付き合ってくれるか？」

「へえっ？　おいらと玄信先生と、二人でかい？」

まさかそんなことになるとは思っていなかったのだろう。権太が目を丸くした。

「嫌か？」

「ちっとも嫌じゃないよ。鰻が食べたいよ」

権太がきっぱり言う。

「なら決まりだ。今夜はお前と私とで、おっかさんの分も平らげてやろう」

権太の尻をぽんと叩いた。

「うん！　おいらとんでもなく大食いだよ！　任せといて！」

「おいおい、そっちじゃないぞ。そっちは裏口だ」

落ち着きなくあっちこっちへ走り回る権太を、頬を綻《ほころ》ばせて手招きする。

頭上では夕暮れ空が群青《ぐんじょう》色に変わっていく。白い月が掛かっていた。

大きくゆっくり息を吐く。たまらない怠さと耐え難い痛みが、改めて身体じゅうを覆う。

玄信は懐に手を入れた。

参道の店で買い求めたばかりの、珊瑚玉の簪にそっと触れた。

――この簪は、お國にやろう。これからお國には世話を掛けることになる。

家の外で呑気に飯を喰うなんてことができるのは、おそらく今宵で最後になるだろう。

これから己の身体は、坂道を転がり落ちるように動かなくなる。ほんの数月で厠《かわや》まで歩くことも難しくなるに違いない。

——そうだ、最初からそのつもりだったんだ。

寂しいとは思わない。今までさんざん世話になったこの身体が役目を終えたいと言っているものを、無理に引きずりまわしては気の毒だ。

思い残すことは何もない。良い人生だった。

——しかしお國は鋭い女だからな。この簪を見て、何か勘付かれでもしないといいが。

胸の内で呑気にそう言って、玄信は痩せた頬に苦笑いを浮かべた。

ひと夏

志川節子

一

丸火鉢のそばでおろくが茶の支度をしていると、ひとりの男が梯子段《はしごだん》を上がってきた。

「ああ、いい湯だった。わしにも茶を頼めるかい」

「へえ、かしこまりました」

おろくが声を返すと、男はうなじに滲《にじ》んだ汗を手ぬぐいで拭《ぬぐ》いながら脱衣所へ入っていった。でっぷりとした裸体から、ほかほかと湯気が立ちのぼっている。

ここは江戸四宿《ししゅく》のひとつ、板橋宿《いたばし》にある湯屋「扇湯《おうぎゆ》」の二階座敷である。湯屋の二階座敷は、元来、武士の客から刀を預かるために設けられたもので、男湯にしかない。昨今では一階の入り口で湯銭八文に加え、さらに八文を払えば、武士でなくとも男なら誰でも上がることができる。

二階の脱衣所は四畳半ほどで、壁際には衣服棚が並んでいる。おろくがいる十畳ばかりの続きの間では、湯上がりの男たちが将棋や碁に興じたり、備え付けの爪切りを使ったり、按摩《あんま》に体を揉ませたりと、思い思いにくつろいでいた。

脱衣所の男が、町人風に結った髷《まげ》の根元へ挿《さ》してあった鍵を引き抜き、衣服棚の戸を開けると、おもむろに下帯を締めに掛かった。

おろくは平然と茶を淹れる。嫁いできたばかりの時分ならいざしらず、四十七ともなれば、男の裸が十や二十の束になって目の前に居並んだところで、どぎまぎしたりはしない。

座敷の中ほどに置かれた将棋盤を挟んで向かい合っているのは、酒屋の彦兵衛《ひこべえ》と古着屋の徳次郎《とくじろう》だ。そのかたわらで盤上をのぞき込んでいるのが、おろくの亭主、弥平《やへい》であった。

「ほう、その手があったか。てえしたもんだな」

「お前さん、油を売ってないで、ちゃんと仕事をしておくれ。彦さん、徳さん、お茶が入りましたよ」

おろくが彦兵衛と徳次郎の横に湯呑みを置き、弥平には筒茶碗を出すと、弥平は女房を振り返りもせず、筒茶碗を口許へ運んだ。

「ちょっとくらい、いいじゃあねえか。とくだん込み合ってもいねえんだし」

「そんなことといって……。二階座敷はお前さんの持ち場だろう」

「まあまあ、おろくさん。いま時分はわしらみたいな常連客きりなんだ。少しの

息抜きは大目にみておやんなさい」

脱衣所で着替えをすませた男が、苦笑しながら座敷に入ってきた。盆に載せてあった湯呑みを手に取り、弥平の隣に腰を下ろす。味噌屋の仙三郎《せんざぶろう》である。将棋盤を囲んでいるのは、いずれも五十二の弥平と似たような齢回りで、弥平ひとりを除けば、すでに身代を倅に譲った隠居ばかりだ。

日本橋《にほんばし》から二里半ほど離れた板橋宿には、大中小の旅籠《はたご》が軒を連ねていて、扇湯には近所に住んでいる者のほか、宿に泊まっている客たちも風呂へ入りにくる。だが、湯が込み合うのは日が暮れてからのことで、八ツにもならないこの時分は、仙三郎のいう通り、二階には見知った顔しかない。もっとも、一階にいる客もいつもの顔触れで、ふだんは高座《こうざ》を持ち場にしているおろくも、ゆえにこうして二階の様子をうかがいに上がってきているのであった。

茶をすすった仙三郎が、丸火鉢の向こうにある茶簞笥のほうへ尻でいざり、棚に載った重箱の蓋を外した。

「おろくさん、菓子をいただくよ。さて、今日はどれにするかな」

幾つかある中から最中《もなか》を選び、お代を銭箱へ入れる。勝手知ったる振る舞いだ。

彦兵衛と徳次郎は、おろくが弥平にぶつくさいうのはいつものことと、気にす

るふうもない。

将棋盤の駒を前へ進めながら、彦兵衛がいった。

「そういや、『若竹屋《わかたけや》』の娘が戻ってきたそうだ。うちの倅から耳にしたんだが」

「若竹屋ってえと……、平尾宿《ひらお》の料理屋だな」

「たしか、あすこの娘は日本橋にある親戚のお店《たな》へ奉公に出たんじゃなかったか。大きなお店で行儀作法を躾《しつ》けてもらおうと、親が望んだとかで」

「なら、行儀見習いがひと区切りついたんで、戻ってきたってことか」

弥平と仙三郎も、当たり前のように話に加わっている。

「まあ、そういうことだ。倅の話では、酒を納めた折にその娘、おまゆというのが茶を出してくれたそうなんだが、しばらく見なかったあいだにすっかり垢抜けていて、すぐには当人とわからなかったらしい」

「へえ」

「わしも奉公に出る前のおまゆを知ってるが、酒を届けにいっても、恥ずかしがって親の後ろに隠れるような子だったんだ。それが、茶と一緒にねぎらいの言葉まで掛けてくれたってんだからね。江戸の大店で躾けられただけのことはある。いい齢頃だし、若竹屋には縁談が降るように舞い込んでいるんじゃねえかな」

「へええ」

話にのめり込む男たちを横目に見ながら、おろくは口をすぼめた。

若竹屋という料理屋があるのは心得ているが、おまゆという娘を目にしたことはない。ひと口に板橋宿といっても、端から端までおよそ十五町もあり、江戸から近い順に平尾宿、中宿《なか》、上宿《かみ》とわかれている。扇湯があるのは本陣の置かれた中宿で、平尾宿にある若竹屋の人たちが風呂に入りにくることは、まずなかった。

「ごめんくださぁい、『つくばね』です。どなたか、おいでになりますかぁ」

一階に女の声が聞こえていた。

「あ、おかよさんだ」

おろくは立ち上がろうとしたが、膝がぴりっと痛んで、畳に手をついた。

「あいたた……。どっこいしょ」

掛け声とともに畳を両手で押し返し、いま一度、腰を上げようとすると、おかよとは別の声が飛んできた。

「おふくろさん、おいらが受け取るんで、上にいておくんなさい」

しばらくすると、娘婿《むすめむこ》の壮吉《そうきち》が梯子段を上がってきた。両手に杉の番重《ばんじゅう》を抱えている。番重は長方形をした浅い箱で、饅頭や最中、餅菓子、団子など、つく

ばねでこしらえられている菓子が収まっていた。

壮吉は茶箪笥の前に番重を置くと、首に掛けた手ぬぐいで額を拭った。頑丈そうな体に紺の腹掛け、股引《ももひ》きといった出で立ちで、四角い顔が汗で光っている。釜場《かまば》で湯を沸かすのが壮吉の仕事で、露わになった肩から腕にかけての肌が赤銅《しやくどう》色に染まっていた。

「壮吉っつぁん、おかげで助かったよ」

「釜焚き番を交代して水を飲んでたら、女湯の入り口で声がしてたんで……」

たいしたことでもないというふうにいって、壮吉が一階へ下りていった。

弥平たちは将棋盤を指差しながら、ああでもないこうでもないといい合っている。

おろくが茶箪笥の前に移り、菓子を番重から重箱へ詰め換えていると、座敷の奥で碁を打っていた二人の客が腰を上げた。

「おろくさん、いい湯だったよ。いまみたいに蒸し蒸しする季節は、熱い湯に入るに限る」

「ありがとう存じます。また明日」

手にした箸を置いて頭を低くしたおろくは、顔を上げると、開け放たれている

窓のほうへ首をめぐらせた。

五月になり、ぐずついた空模様が続いている。低い雲が垂れ込め、外は黒い紗《しゃ》に覆われたようにうす暗かった。梅雨らしい天気といえばそれまでだが、降りそうで降らないので、湿気がものすごい。

宿場町を貫く中山道《なかせんどう》を、多くの人馬が行き交っている。肩に振り分け荷を掛けた商人や、供を連れた武士、薬箱を担いだ行商人など、旅装束に身を固めた者たちにまじり、飯盛女《めしもり》を目当てに巣鴨《すがも》村あたりから足を伸ばしてきたとおぼしき手合いも見受けられた。ややうつむきがちに黙々と足を運んでいる旅人は、夕暮れまでに蕨《わらび》宿か、その先の浦和《うらわ》宿に辿り着こうと算段しているのだろう。

陽射しがないせいで、どの顔も青白く、精彩を欠いて見える。

息を吸い込むと、じめついた空気で胸が塞がりそうだった。

今年もまた、夏がやってくる。

二

弥平とおろくのひとり娘、おみさが急逝したのは三年前の夏である。二十二の

若さだった。

おみさは、釜場で火を焚いている壮吉のもとへ昼食を運び、湯屋の脇に建っている住まいへ戻ってくる途中に亡くなったのだ。

最初に異変に気づいたのは、おろくだった。おろくは家で自分とおみさの食事をととのえていたが、しばらく経ってもおみさが釜場から帰ってこないので様子を見に出たところ、裏手の物干し場に倒れている姿を目にしたのである。

粘りを帯びた陽射しが照りつけ、白く輝いている地表へつんのめるように身を投げ出しているおみさは、息をしていなかった。

娘の名を叫ぶおろくの声を聞きつけ、釜場から出てきた壮吉が、ただちに町医者を呼びにいったものの、おみさがふたたび目を開くことはなかった。急に暑くなって体が慣れていないところへ心ノ臓の発作が起きたのではないかというのが、医者の診立てであった。

おみさは蒲柳《ほりゅう》の質《しつ》というのか、子供時分から体がいささか弱く、風邪を引くとかならずといってよいほど熱が出て、幾日も寝込んだりした。だが、十八で壮吉を婿に迎えた頃からは胸許や腰まわりに肉がつき、肌の血色もよくなった。夫婦になって四年、子はまだ授からなかったが、二人の仲は睦《むつ》まじく、おろくは孫

を抱ける日がくるのを心待ちにしていたのだ。それなのに……。

顔に出さなかっただけで、おみさは体の具合がすぐれなかったのかもしれない。代わりに自分が釜場へ昼食を運んでいたら、あの子は死なずにすんだのではないか。あの世へ旅立つのが、自分ならよかったのに。

心にぽっかりと穴が開き、おろくはうつつを生きている気がしなくなった。目に映る景色は色を失い、口に入れるものの味もしない。「そんなに思い詰めるんじゃねえ。おめえまで参っちまったら、おれや壮吉が弱るじゃねえか」と弥平に諭《さと》され、「時がくすりだよ」と常連客に力づけてもらったおかげで、どうにか立ち直ることができた。

しかし、毎年、少しずつ暑さを感じる時季にさしかかると、心の奥底に沈んだ悲しみと悔恨が疼《うず》きだす。

その日、おろくが寝間に入ったときには、夜四ツをまわっていた。

しまいの客は、つくばねのおかよで、空になった番重を提げて帰っていった。

おかよはおみさより三つばかり齢下で、小さい頃から扇湯に通っていた。王子稲《おうじいな》荷《り》の門前にある、やはり菓子屋へ嫁いだものの、一年ほど前に板橋宿へ戻ってきた。以来、店を切り盛りする兄夫婦の下で、得意先に菓子を届けてまわっている。

おかよが離縁したのは、姑《しゅうとめ》との折り合いがどうにもよくなかったゆえらしい。高座に坐っていると、お客どうしの話がいやでも耳に入ってきて、どこの誰が何をしたとか、誰と誰の仲がいいとか、当人は黙っていても、何もかも筒抜けなのだ。

扇湯が客を入れるのは、朝五ツから夜五ツまで。ただし、朝のうちは女の客が少ないので男湯のみ開け、女湯が開くのは昼八ツからとしている。入り口の高座に坐るおろく、男湯の二階を受け持つ弥平、釜場で火を焚く壮吉のほか、宿場のはずれから親戚の男が通ってきてくれているが、それで湯屋を切り回していく人手をぎりぎりまかなっているという按配だ。客の背中を流す三助もいない。

しまいの客を送り出して暖簾《のれん》を取り込み、洗い場や浴槽を掃除して家に帰ると、おろくは食事の支度に掛かる。弥平、壮吉と三人で夕餉《ゆうげ》を摂り、壮吉が用心のために寝起きしている湯屋の二階へ戻ったあと、台所で洗い物や片づけをすませる頃には、体は疲れ果ててくたくただ。膝や腰が痛いのを、いまは騙《だま》し騙しやっているものの、いつまで体が動いてくれるだろうか。寝巻に着替えながら、そんなことを考えたりする。

「こんど、寿湯《ことぶきゆ》が建屋の造作に手を入れるらしい。仙さんから耳にしてな」

寝床から弥平の声がしたのは、おろくが蚊帳《かや》を手繰って身をかがめたときだった。とうに眠ったものと思っていた亭主がだしぬけに話し掛けてきたので、おろくはぎょっとして蚊帳をくぐり損ねた。

「まだ起きてたのかい。造作に手を入れるって、寿湯は去年、柘榴口《ざくろぐち》の色を塗り直したばかりだろう」

「こたびは二階を直すそうだ。床に細工をして、女湯を上からのぞける窓をこしらえるんだと」

「窓……」

蚊帳に入ったものの、いささか手許が狂って、麻の生地が体にまとわりついてくる。

江戸の町中《まちなか》にある湯屋の二階には、たいてい女湯を上から見下ろせる小さなのぞき窓がついていることを、おろくもわきまえてはいる。縁談が持ち込まれた家の倅が見合いの前に娘の器量定めをするとか、お大尽が妾《めかけ》になりそうな女を見立てるために設けられているのだと聞いた。

扇湯の二階にのぞき窓はついていないし、板橋宿にあるほかの湯屋も同様だっ

た。そう、これまでは。

「このままだと、寿湯に客を取られちまうんじゃねえか」

蚊帳の裾をととのえているおろくの後ろで、弥平がつぶやいた。心なしか声音が硬い。

板橋宿には合わせて五軒の湯屋があり、そのうち中宿には扇湯と寿湯の二軒がある。つまり、中宿で暮らしている住人や、旅籠に泊まっている客たちは、扇湯か寿湯、どちらか一方の風呂へ入りにくるのだ。

膝や腰をかばいながら、おろくは寝床にゆっくりと横たわった。

「さあ、どうだろうね。男の客は寿湯へいくかもしれないけど、扇湯は女の客が増えるかもしれないよ。だいたい、人が生まれたままの姿でくつろいでるところをのぞき見するなんて、いやらしいじゃないか。見られるほうは、たまったものじゃない。町中の湯屋でも、娘さんたちはのぞき窓の下になりそうな場所を避けるそうだよ」

そんなに女の裸が見たければ、女房をもらうなり岡場所に通うなりすればいいのだ。

長い沈黙のあと、弥平の声が重々しく響いた。

「ここらが潮時かもしれねえな」

「潮時って……。まさか、扇湯を畳むなんていうんじゃないだろうね」

枕の上で横を向くと、弥平は寝返りを打ち、おろくに背を向けた。

「そうするよりほかに、どんな手があるってんだ。もともと、うちは寿湯よりも建物が古くて狭いってんで、旅籠の客はおおかたが向こうへ流れてたんだ。この上、常連客まで持っていかれてみろ。こっちは手も足も出ねえ」

「そんな……」

「寿湯は去年、若夫婦に男の子が生まれた。あちらこちらの造作に手を加えるのは、この先も商売安泰だと見通しをつけたんだろう。ひきかえ、うちはどうだ。おみさが跡継ぎも産まずに死んじまって、先行きがまるで見えねえ」

弥平としては、娘婿に迎えた壮吉が一膳飯屋《いちぜんめしや》の三男だったのもあり、湯屋の商売に慣れてきたら身代を譲る心づもりだったのだ。その頃にはきっと孫の顔も見られるだろうと、おろくも弥平と話し合ったことを憶えている。しかし、おみさが亡くなり、なんとなく機を逃したかたちになっていた。

「せめて、おみさに子があればなあ」

弥平がため息まじりに洩らしたひと言が、暗がりに吸い込まれていく。

「お前さん、それはいわない約束だよ」

低くたしなめると、咳払いが返ってきた。

「壮吉は、先々のことをどう考えているんだか……。しばらくはここでおみさの菩提《ぼだい》を弔《とむら》わせてくれといったが、あれから三年だ。このままずっと独り身ってわけにもいかねえだろう」

壮吉の実家「川北《かわきた》」は、宿場内を流れる石神井川《しやくじいがわ》の北側にある。このあたりの鎮守である神社の秋祭りで神輿《みこし》を担いでいたところを、折しもおろくと参詣に訪れていたおみさに見初《みそ》められ、人をあいだに立てて扇屋へ婿入りしたのであった。

「思うんだけど、おみさを亡くして、あたしがひどく落ち込んだ時期があるだろ。そういうのを見て、ここを去らせてほしいといい出せなくなったんじゃないかねえ。かといって、後添《のちぞ》いをもらうとなると、それはそれであたしらに気を遣うだろうし。壮吉っつぁんて、ほら、思慮深いというか、自分の気持ちを前に押し出す人じゃないもの」

昨年のいま時分であったか、弥平が壮吉に、後添いを迎える気はないかと訊ねたことがある。「毎日、こんな婆ぁの顔を見ながら飯を食ってもうまくねえだろ

え。若くてきれいな嫁さんをもらったらどうだい。おれらに気兼ねすることはねえよ」と、食事時に軽口めいた調子で話し掛けた弥平に、「おいらは、まだとうぶん一人でいるつもりです」と、壮吉は大真面目な顔で応じたのだった。

おろくは無言になった弥平の背中を見つめた。

面と向かっていわれたことはなかったが、弥平は前々から扇湯の切り上げどきを探っていたのかもしれない。湯銭は八文と取り決められているのに、米や醬油などの値は高くなるばかりだし、三助を雇いたくとも、人を雇う銭がない。女湯が八ツまで閉じているのだって、人手が足りぬからだ。雨漏りがする二階の屋根も、長らく修繕できずにいる。

おろくは滝野川《たきのがわ》村の生まれで、桶《おけ》職人の父が扇湯で使う桶を納めていた。周りを田畑に囲まれた家にもちろん風呂はなく、ふだんは行水《ぎようずい》ですますか、裕福な農家へもらい風呂にいっていたので、縁あって扇湯に嫁いできたおろくは、客が帰ったあとの垢が浮いてぬるくなった湯でも、毎日風呂に入れるのが嬉しくてならなかった。舅《しゆうと》と姑は厳しくも温かい人たちで、子宝にもめぐまれ、つつがなく日々を送ってきた。最後の最後に、その我が子が自分よりも先にあの世へ旅立とうとは。

思い出の詰まった扇湯を畳むのは、なんとも忍びない。ご先祖様にも申し訳が立たない。できるなら、いまのまま商いを続けたかった。しかし、実情を考えれば、致し方ないような気もする。

結局、おみさが亡くなったのが、潮の変わり目だったのだろうか。

「近いうちに、壮吉にも話してみるか」

「扇湯を畳むといったら、壮吉っつぁんは何ていうだろうね」

おろくの問いかけに、返事はない。

首を元に戻して目をつむるが、眠りはなかなかやってこなかった。

三

「壮吉、ちょいと話がある。そこへ坐ってくれ。おろく、おめえもこっちにこい」

弥平が切り出したのは、夕餉を食べたあと厠《かわや》へいった壮吉が、湯屋の二階へ上がる前に茶の間へ「お休みなさい」といいにきたときだった。

壮吉はいぶかしそうな顔で、弥平の前へ腰を下ろした。

台所の流しで水を使っていたおろくも、帯に挟んだ手ぬぐいで手を拭きながら茶の間に上がり、弥平の横に膝を折った。

「おやっさん、何ですか、あらたまって」

寿湯が男湯二階にのぞき窓を設けるらしいこと、それによって扇湯の商売がいよいよ立ち行かなくなるであろうことを、弥平がぼそぼそと告げる。

「そんなわけで、嬶《かかあ》とも話し合ったんだが、扇湯を店じまいしちゃあどうかと思ってな。建物もぜんたいに傷《いた》んでいるし、直すといっても先立つものがねえんじゃなあ」

近いうちに話すといいながら、半月もあいだが開いたのは、弥平にも迷いがあるのだろうかとおろくは思う。

壮吉は、目を伏せぎみにして聞いていた。

「寿湯にのぞき窓ができるらしいとは、常連さんから聞いちゃあいましたが、なにも店じまいすることはねえんじゃ……。扇湯を畳んだら、おやっさんたちはどうなさるんです」

「湯屋の株を売れば、年寄り二人がつましく暮らしていけるくらいの金は入るだろう」

「そうはいっても……」

「おれだって、店じまいなどしたかねえよ。おめえとおみさの子でもいるってんなら、そんな了簡《りょうけん》にはならねえ。だが、じっさいはそうじゃねえだろ」

「あの……、おいらがここにいたんじゃ迷惑ですかい」

壮吉が、少しばかりいいにくそうにいう。

「思い違いをしてもらっちゃ困るが、そういうことじゃねえんだ。そうじゃなくて、うーん、どうもうまくいえねえな」

頭を掻きむしる弥平に代わり、おろくが口を添えた。

「壮吉っつぁん、あたしらに気を遣ってくれてるんだったら、それは無用だよ。おみさに先立たれたといって自分が川北に帰ったのでは、あたしらに対して義理が立たないとか、後添いをもらうとあたしらが気を悪くするんじゃないかとか、そんな気兼ねはしないでほしいんだ」

弥平が肩を小さく揺すり、居ずまいを正した。

「おれはおめえを実の倅のように思っちゃあいるが、それでもやっぱりおめえは娘の婿として余所様《よそさま》からもらい受けた男だ。川北のお父っつぁんは亡くなったが、おっ母さんは達者でいなさる。おめえを男やもめにしたまんま扇湯に縛りつけて

いたんじゃ、おれは川北のおっ母さんに合わせる顔がねえのよ。おめえ、扇湯の店じまいを一つの区切りとして、川北に戻っちゃあどうだい。齢だってまだ二十八だ、いくらでもやり直せる」

壮吉は、清流で育った魚のような目をしばしばと瞬《またた》いていた。

「おいら、気兼ねなんかしちゃいません。ただ」

少しばかり考え込んだのち、先を続ける。

「おみさが生きてたとき、湯に入ってしかめっ面で帰っていく人はいないといってたんです。たとえ辛いことや悲しいことがあって胸にわだかまりを抱えていても、あったかい湯がぜんぶ溶かしてくれる。何か悩んでいることがあっても、着物を脱いで裸になった人ばかりの中に入れば、みんな似たようなものだ、思い煩《わずら》っているのは自分だけじゃないという心持ちになれる。扇湯は心のごちそうでお客をもてなしてるんだと、そんなふうにもいってました」

記憶を辿りながら、ひと言ひと言、刻みつけるような口調だった。

「おみさがいうのを聞いて、おいらもその通りだと思いました。湯屋てえのは、人の心をほどいて、前を向く気持ちを養うところなんじゃねえでしょうか。自分のうちがそういう場所だってことに、おみさは矜持《きょうじ》を持ってたんです。その心

意気を、おいらは大切にしてえ。だから、店じまいについては考え直しちゃもらえませんか」

「心のごちそう……。おみさは、扇湯をそんなふうに思ってくれてたんだね」

我が娘の想いに触れ、おろくの胸がじんとなった。同時に、壮吉を通して娘を感じたことに、一種の感慨を覚えた。

隣でぐすっと音がした。見れば、弥平が手の親指の付け根で、鼻の頭をぐいと押し上げている。

「壮吉、よくぞいってくれた。おめえが扇湯を畳みたくねえと思うなら、後添いをもらえ。そんでもって、跡取りをこしらえろ。そうすりゃ、こんどこそおれはおめえに身代を譲ることができる」

「おやっさん、それは……」

壮吉の声に困惑が混じる。

「扇湯を続けるってのは、つまるところ、そういうことよ。先々の目算が立てば、うちだって柘榴口の色を塗り直したり、屋根の雨漏りを修繕《なお》したりもしようじゃねえか。なに、それくらいの蓄えがねえわけじゃねえんだ」

「あの、でも」

「そうだ、後添いには若竹屋の……おまゆといったか、その娘はどうだろう。彦さんがいってたが、べらぼうな器量よしらしいぞ」

「お前さん、ちょいと待ってくださいよ」

おろくは腕を横へ伸ばし、畳をとんと叩いた。

「後添いだのおまゆさんだのといきなりいい出すんだもの、ごらん、壮吉っつぁんがびっくりしてるじゃないか。そりゃあたしだって、壮吉っつぁんが後添いをもらって、扇湯を盛り立てていってくれれば、こんなに嬉しいことはないよ。孫の顔を見せてもらえたら、安心できるし……。とはいえ、お前さんのは、障子紙に開いた穴をそのへんのぱっと目についた反故紙《ほごがみ》でふさごうとでもするようで、いかにもがさつだ。ねえ、そうだよね、壮吉っつぁん」

そういいながら、壮吉のほうへ膝を向ける。

「前にうちの人から訊かれたとき、とうぶん一人でいるつもりだといってたけど、いまはどうなんだい。誰かいい人がいるなら、聞かせておくれ」

「い、いい人なんか、い、いねえです」

壮吉がへどもどと応じる。

「ほんとうに？」

「ほ、ほんとうに」

「よし、これで決まった。若竹屋に縁談を申し入れるぞ。おれに任せておけ」

弥平が厚みのとぼしい胸を反らし、拳で叩いてみせた。

うちの人ったら、たいそう意気込んでいたけど……。

そんなにうまく事が運ぶだろうかと、おろくは疑わしく思った。それに、おろく自身も話の成り行きであああいったものの、どこかにすっきりしない気持ちがある。

壮吉に後添いを迎えるということは、とりもなおさず、血のつながった娘の代わりに赤の他人を連れてくることにほかならない。この世に流れている時は、いまを生きている者のためにある。頭ではわかっている。しかし、おろくはおみさを過去に置き去りにするようで心苦しかった。

考え込んでいたおろくは、名を呼ばれていることに気づかずにいた。

「おろくさん、おろくさんってば」

我に返ると、女湯の土間にいるおたかが高座を見上げていた。

一段高い場所に設けられた高座は半畳ほどで、おろくはそこに坐って客から湯

たりする。

銭を受け取ったり、手ぬぐいや糠袋《ぬかぶくろ》を貸し出したり、糠袋の中身や軟膏《なんこう》を売ったりする。

「よかった、やっと気づいてくれた。糸瓜《へちま》たわしをくださいな」

高座の後ろには格子板が取り付けてあり、売り物の品々が吊り下げられている。

おろくは糸瓜を手に取った。

「はいよ。すまないね、ぼうっとしてた」

「さっき男湯に入ってきたの、玄助《げんすけ》さんでしょ」

おろくが口にした詫びには構わず、糸瓜を受け取ったおたかはすくい上げるような目つきになった。糸瓜のやりとりをしているあいだに、高座の端に銭八文が置かれている。

高座は男湯と女湯が互いに見通せない造りになっているのだが、それでもわずかな隙間から向こう側が目に入ることはある。

「そうだね、玄助さんだ」

おろくは衣服棚の前で着物を脱いでいる玄助を見やった。玄助のところは夫婦で豆腐屋を営んでいる。夜もまだ明けきらぬうちから働き始め、仕事がひと区切りつく夕方の早い頃合いに女房のおすがと風呂へ入りにくる。だが、ここ幾日か

はどういうわけか玄助ひとりであった。

「あすこ、玄助さんが浮気して、おすがさんが怒って家を出ていったんですよ」

おろくの心の中を読んだように、おたかが高座に身を寄せてきた。

「えっ」

「浮気の相手は、豆腐を納めてる旅籠の女中ですって」

捕まえた鼠《ねずみ》を人に見せにきた猫みたいに、吊り上がりぎみの目がきらきらしている。

おたかは客のもとへ出向いて髪を結う廻り髪結いで、宿場内に百人とも百五十人ともいわれる飯盛女をおもな客にしていた。諸国からの旅人に色をひさぐ飯盛女を上得意としているだけあって、おたかの耳に入る情報の多さには目を見張るものがある。しかも、おたかは耳から入ってきたものを腹に留めておくことができず、あちらこちらで言い触らす。江戸の町中であった些細《ささい》な事件などにも通じていて、おろくが半分呆《あき》れながら話を聞くこともたびたびだった。

柘榴口をくぐりかけた玄助がこちらを振り返っている気がして、おろくは低く身をかがめた。

「これ、滅多なことをいうものじゃないよ。話がほんとうだとしても、おすがさ

んはちょいと悋気《りんき》を起こしただけだ。おかしな噂が立ったら、家に帰りにくなっちまう」

おたかが大仰に肩をすくめ、着物の袖をひらひらさせながら衣服棚のほうへ去っていく。

うちが若竹屋に縁談を申し込んだと知ったら、たちまち言い触らしてまわるんだろうね。

おろくはそっと息をついた。

四

弥平が酒屋の彦兵衛に仲立ちを頼み、若竹屋へ壮吉とおまゆの縁談を申し込みに出向いたのは、五月の末であった。

「お前さん、お帰りなさい。彦兵衛さんも、お疲れになったでしょう。この暑いのに、お骨折りいただいてすみませんねえ」

おろくが扇湯の二階で客に茶や煙草盆を出していると、弥平と彦兵衛が下から上がってきた。着物へ黒紋付を羽織った二人に、おろくはてきぱきと茶を淹れた。

「あちらさんは、何とおっしゃってましたか」

どうせ相手にしてはもらえなかっただろうと思いはしても、わけもなくそわそわする。

「おろくさん、それがね」

彦兵衛が脱いだ黒紋付を畳んで脇へ置いたとき、折しも梯子段の下り口に壮吉の顔がのぞいた。

「あ、おふくろさん。おかよさんが菓子を届けてくれたんで……」

「あら、気がつかなかったよ。じゃあ、番重はそこへ置いてもらえるかい」

「お、壮吉、いいところへ顔を出した。こっちにきて坐れ」

弥平が手招きすると、壮吉は抱えている番重を茶簞笥の前に置き、おろくのかたわらへ膝を折った。おずおずと畳に手をつかえ、相向かいになった彦兵衛にお辞儀する。

「あの、彦兵衛さん、このたびはお世話になります」

彦兵衛が鷹揚《おうよう》にうなずいた。

「いま、おろくさんにも話そうとしてたんだがね。見通しはわりあいに明るいんじゃないかと、わしゃ思ったよ」

「へえっ？」

おろくの口から、自分でも思ってもみない声が出た。

「なっ。おめえ、心ノ臓がきゅうっと縮こまるじゃねえか」

筒茶碗を下に置いた弥平が、襟許《えりもと》を手で押さえながらおろくを睨む。

「だって、若竹屋さんには縁談がいっぱい持ち込まれるに相違ないって、前にいってただろ。それに、おまゆさんにとっては初めての嫁入りなんだ。湯屋の後家に入ってくれと申し込んだところで、親御さんに門前払いされるのが関の山だと思ってたんだもの」

「じつをいうと、わしも仲立ちを頼まれた折は、おろくさんと同じように考えた。とはいえ、扇湯の行く末が懸かってもいるし、若竹屋さんには話を聞いてもらうだけでもいいと、そんな了簡で引き受けることにしたんだ」

若竹屋の主人がいうには、彦兵衛たちが見込んだ通り、すでに幾つか縁談の申し入れがあったそうだ。だが、人に聞き合わせてよく調べてみると、因業《いんごう》な姑と行き遅れた小姑がいるとか、伴侶となる当の男が飛鳥山《あすかやま》の麓《ふもと》にある岡場所へ足しげく通っているとかで、とても娘の嫁入り先にふさわしいと思える話がないのだという。

「そこへいくと、扇湯の壮吉といえば折り紙付きの働き者との評判が平尾宿まで聞こえてくるほどだし、前の女房とは死に別れで、すったもんだのあげくに夫婦別れをしたってことでもない。娘の嫁ぎ先として思案してみるだけのことはあると、若竹屋さんはそういいなすってね。いましばらく思案して、話を進めてもらいたいとなれば、あらためて見合いの日取りなどを相談させてほしいそうだ」

「まあ、それは」

おろくは胸の前で手を叩く。おみさにはすまないが、気持ちの浮き立つのがわかった。

弥平が着物の袖をたくし上げ、二の腕をさすっている。

「若竹屋さんとの話に入る前に、おまゆさんが茶を運んできてくれた。おみさとはまた違う感じの、いい娘だ。思いのほか太りじしだが、あれはいい子供をたくさん産みそうだぞ」

「お前さん、そういうあからさまなもののいいようはよしておくれよ。ほんとに品がないんだから……。ねえ、壮吉っつぁん」

そのときの壮吉の顔をどう形容すればよいのか、おろくはちょっと思いつかなかった。太い眉の両端が極端に下がって、困っているような、悲しいような、な

んだか情けなさそうな表情にも見える。

「あ、あ、ああ。あの、ええと」

「こいつ、照れてやがる」

弥平の口許に、にやにやした笑いが浮かぶ。

肩に手をやって揉みながら、彦兵衛がいった。

「壮吉っつぁん、死んだ女房の両親《ふたおや》にこれほど親身になってもらえて、あんたは果報者だよ。それはそうと、おろくさん、菓子をもらえるかい。ひと息ついたら、甘いものが欲しくなった」

「へえ、彦兵衛さんが菓子を？」

おろくは首をかしげた。日ごろ、饅頭や最中は酒屋の仇《かたき》などといって、甘いものを口にはしない彦兵衛なのに。

「いつも仙さんが美味《うま》そうに食うものだから、こないだ試しにあんころ餅をつまんでみたんだ。そしたら、これまで食ったことのあるあんころ餅は何だったんだってくらい、驚いたのなんの。でも、つくばねで同じ品を買って家で食べたら、これがそうでもない。やっぱり、ここで弥平さんや仙さんたちの顔を見ながら食べるから美味いのかもしれないね」

「そういうもんですかねえ」

おろくは茶箪笥の棚から菓子の入った重箱を持ってくる。そのあいだも、額の生え際を指で掻いたり顎を触ったりしていた壮吉が、落ち着かなさそうに腰を上げた。

「おいら、釜場に戻らねえと」

そういって、そそくさと梯子段を下りていった。

「ふうむ……。なんだか気になるね」

「おい、どうした」

壮吉の姿が見えなくなったあとも梯子段の下り口へ目を向けているおろくに、弥平が声を掛けてきた。

「あのさ、あたしにはどうも壮吉っつぁんがあんまり嬉しそうには見えないんだけど」

すると、怪訝《けげん》そうな顔をしていた弥平の眉間《みけん》が開いた。

「そりゃあおめえの思い違いだ。あいつはあいつなりに、おれたちを思いやってくれてるのよ」

「それならいいけど……」

おろくの懸念をよそに、かたわらではあんころ餅を口にした彦兵衛が、うん、美味いと目を細めている。

五

しかし、おろくの第六感は、あながち押さえどころを外してはいなかったのである。

弥平たちが若竹屋に縁談を申し入れて十日ばかりが過ぎたその日、おろくは客を入れる前の女湯にいた。脱衣所の隅に置かれた箱型のごみ入れを、洗い場の壁際まで引きずっていき、上下を引っくり返して踏み台にする。台に乗ってつま先立ちになると、壁に貼られた引札《ひきふだ》にやっと手が届いた。

身分や男女の別を問わず、老いも若きも集まる湯屋には、脱衣所といわず洗い場といわず、壁のあちらこちらに引札と呼ばれる紙のビラが貼られている。歯磨き粉の効能を書き並べたものもあれば、肌のきめがととのうとうたうもの、風邪薬に腹痛の薬など、そこにはさまざまな品が宣伝されていた。芝居の演目を知らせるものもある。

おろくは、古い引札を新しいものに貼り替えようとしているのだ。まずはいま貼ってあるものを剝がし、羽目板《はめいた》に残った糊《のり》の跡を水に濡らした雑巾で拭いていると、背後で腰高障子の引き開けられる音がした。

「毎度お世話になります。つくばねで……あ、おろくさん、今日は下にいらしたんですね」

「おかよさんかい。番重はそこに置いといてもらえるとありがたいんだが……。見ての通り、手が離せないんだ」

壁のほうを向いたまま、踏み台の上から声を返す。

「引札の貼り替えですか」

「そうなんだ。でも、糊の跡がうまく取れなくてね。腕が肩までしか上がらないもんだから、雑巾が届かなくて。もうちょい、ここんとこが、お、おっとと」

「あっ、気をつけて」

おかよが慌てて土間から上がってきた。框《かまち》の手前に番重を置き、踏み台へ駆け寄ってくる。

「よかったら、わたしが代わりましょうか」

おかよは下に降りるおろくに手を貸すと、こんどは自分が踏み台に上がり、お

ろくから受け取った雑巾で羽目板を拭き始めた。ほっそりとした長身で、ふつうに腕を伸ばすだけで高いところに手が届く。

「なんだか悪いねえ。扇湯の人でもないのに、こんなことさせちまって」

「いつも気持ちのよいお湯をいただいてるんですもの。これくらいのお手伝いはさせてください」

おかよが黒目がちの目許をふんわりと弛《ゆる》ませる。

「さ、壁がきれいになりましたよ。ここには何の引札を貼ればいいんですか」

「あ、そこにはこれを……。この糊を使っておくれ」

おろくは新しい引札と、姫糊の入った茶碗を差し出す。

こんなに気の利く人なのに、姑との折り合いがよくなかったなんてねえ。

新しい引札を手際よく壁へ貼っているおかよを、おろくは複雑な心持ちで眺めた。もっとも、外から見ているだけでは、家の中のことまではわからない。長年、高座に坐っていて、幾度そう思ったことか。

つごう三枚の引札を貼ってもらい、框に近いところでおろくがおかよに礼をいっていると、またしても腰高障子が開いた。

「おや、どうしたんだい、こんなとこに」

おろくに訊ねられ、戸口にいる壮吉が面食らったように目をぱちぱちさせた。

「どうしたって……。おかよさんが、そろそろ菓子を届けにくる頃合いかと」

「ああ、そっか。このごろはお前さんが受け取って二階まで運んでくれるものね」

引札の貼り替えをおかよに手伝ってもらっていたとおろくが話すと、壮吉は奥にある踏み台をひょいと見やり、顔をしかめた。

「おふくろさん、無茶はしねえでください。肩が痛くて腕が上がらねえってぼやいてなすったでしょう。おいらにいいつけてくれたらよかったのに……。おかよさんも、忙しいのにすまなかったな」

首の手拭いを外し、頭を下げる。

「あの、そんな、たいしたことじゃありません。わたしが勝手に上がり込んだようなものですし……」

おかよが両手で押さえる仕草をしてみせる。先ほどよりも、いくぶん表情がこわばっているようだ。

壮吉は所在なさそうに腹掛けを二、三度手で叩いたのち、思い出したように框へ目を向けた。

「あ、ええと、それじゃあ、おいらは菓子を二階へ持っていくんで」

二人の様子に、おろくは何ともいえない引っ掛かりを覚えた。壮吉とおかよが言葉を交わすのをとくだん気にしてみたことはないが、いつもこんなふうなんだろうか。

男湯の二階から梯子段を下りる足音が聞こえてきたのは、壮吉が框に置かれた番重を抱え上げようとした、そのときであった。

「おーい、おろく。暦《こよみ》ィあるか、暦」

声から少しばかり遅れて、弥平が高座に姿をあらわした。おろくの横にいるおかよに目を留める。

「ふうん、菓子が届いたところか。おかよさん、いつもご苦労さん」

「お前さん、暦なら二階にありますよ。茶簞笥の下の引き出し。でも、なんだってわざわざ……。柱に絵暦が貼ってあるでしょう」

「あの、わたしはこれでおいとましますね」

おかよが身をかがめ、おろくに小声でいう。

「絵暦じゃ間に合わねえのよ。いま、彦さんが上にいて、見合いの日取りを決めるんだ」

「おかよさん、ともかくほんとうに助かった。礼をいうよ」

脱いであった下駄に足を入れるおかよへ、おろくも控えめに声を掛ける。ふと、土間に立っている壮吉に目をやると、どういうわけか顔が真っ赤になっていた。釜場で熱気を浴びたのとは異なる赤さだ。

「そうそう、おかよさん、あんたも聞いてくれ」

高座から塩辛《しおから》い声が飛んできた。

「こんど、壮吉が見合いをすることになってね。まあ、両家が顔を合わせて、ちょいと茶を飲むくらいなんだが、その席でいただく菓子をつくばねに頼みてえんだ。何か、縁起のいい菓子をこしらえちゃあもらえねえだろうか」

「壮吉さんが、お見合いを……」

下駄を履いたおかよが、高座のほうへ向き直ろうとして、ふらふらっとした。とっさに壮吉の体が動き、おかよの肩口を支える。おろくも手を伸ばしたのだが、その俊敏さにはかなわなかった。

「お、おかよさん、大丈夫か」

壮吉さん、すみません、平気ですと応えたおかよが、そろそろと高座を見上げる。

「弥平さん、かしこまりました。店に戻って、兄に申し伝えます」

おかよの目が潤《うる》みを帯びて光っているのと、壮吉の蒼《あお》ざめた顔を目にして、おろくには思い当たるものがあった。


その夜、台所の片づけをすませたおろくは、夕餉を食べたあとに湯屋の二階へ戻っていった壮吉を訪ねた。弥平はすでに寝床で鼾《いびき》をかいている。

「壮吉っつぁん、ちょいと話があるんだが、いいかい」

男湯の梯子段の下から声を掛けると、二階でごそごそと物音がして、声が降ってくる。

「おふくろさん、構わねえですよ。どうぞ上がってください」

壮吉が寝起きしている四畳半は脱衣所や座敷とは別の一間で、灯の入った行燈《あんどん》が壁際に置いてあるきりの殺風景な部屋だった。蒲団《ふとん》は敷かれておらず、壮吉は何やら考え事をしていたらしかった。

おろくは壮吉の相向かいに膝を折ると、さっそく本題に入った。

「遠回しないい方をして行き違いがあっちゃいけないし、率直にいわせてもらうけどね。お前さん、つくばねのおかよさんと何かわけがあるんじゃないのかい。

昼間のお前さんたちを見ていて、ぴんときたんだ」

「え、あ」

行燈のあかりに、壮吉の咽喉仏《のどぼとけ》が上下する。

「お前さんもおかよさんも、分別のある大人だ。たとえ込み入った事情があったとしても、周りがどうこういえるものじゃない。だが、お前さんには、いま、若竹屋のおまゆさんとの縁談が進んでる。そうなると話は別だ。義理の間柄とはいえ、お前さんの母親として、黙って見過ごすことはできない。それでこうして、話をしにきたんだ」

壮吉は太腿の上に両手を置き、神妙な顔をしている。

おろくはいくらか声をやわらげて訊ねかけた。

「おかよさんと、夫婦《めおと》約束をしてるのかい」

「めっ、滅相もねえ」

雷に打たれたように、壮吉がぶるぶるっと首を横に振った。

「夫婦約束は先走り過ぎたかねえ。じゃあ、いま少し手前ってことで、世間でいうところの、いい仲なんだろ」

「ちっ、違います」

「違う？　お前さん、この期《ご》に及んで隠し立てはよしておくれ。あれで何でもないとはいわせないよ」

「隠し立てなんか、しちゃいません」

「よもや、手を握ったこともないなんていうんじゃないだろうね」

「手も握っちゃおりません。でも……、二人で神社の百日芝居を観に行ったことはあります。四月の半ばだったか、風が強くて扇湯を休んだ日に」

ためらいつつも、観念したように壮吉が応えた。

「四月の半ば……。そういえば、火の用心で店を開けられなかったときがあったっけ」

「芝居を観たあと、境内に出ている水茶屋に入って少しばかり話をしました。そのとき、寿湯の二階にのぞき窓ができるかもしれねえってことを、おかよさんから耳にしたんです」

「うちの常連さんから聞いたといってたけど、あれはおかよさんだったのかい」

わずかに目を見開いたおろくに、壮吉がうなずく。

「おかよさんは、菓子を届けてまわる先で聞いたといってました。のぞき窓の話はだいぶ前からあったが、そのうちに扇湯が寿湯に客を取られて店を畳むんじゃ

ねえかって噂も耳に入ってくるようになったそうで……。そんなわけで、おかよさんが扇湯の先行きをたいそう案じてましてね」

「そりゃまあ、つくばねにしてみたら、得意先がひとつ失《な》くなるかもしれないんだし」

壮吉が軽く手を左右に振った。

「それはそうだが、それだけじゃねえんです。つくばねは、おかよさんの兄さんが店を継ぐ前は、ご両親が切り盛りなすってたそうですね。朝から晩まで立ち働いているおっ母さんと唯一ゆっくり話ができるのが、扇湯の湯に浸《つ》かってるときだったとか。子供時分のおかよさんにとっては、おっ母さんを独り占めできる嬉しい場所だったみてえです。それゆえ、扇湯が失くなったりしたら寂しいと」

「たしかに、おかよさんは昔から通ってくれていたけど……」

そうした思い出があったとは、おろくは知る由もなかった。

「それで、壮吉っつぁんは何と」

「店を畳むかどうかはおやっさんの一存で決めることだが、おいらは商いを続けたいと応えました。それは先だっておやっさんとおふくろさんにも話した通りです。ただ、おいらが独りでいたんじゃおやっさんたちも気が揉めるだろうし、そ

ろそろ後添いをもらって身を固めようと思っていると、まあ、そんな話をしたんです」

「ははあ、わかった。お前さん、そこで気持ちを打ち明けようって肚《はら》だったんだろ」

壮吉は少しばかり戸惑ったようにまぶたを伏せた。太腿の上で手を閉じたり開いたりしたのち、目を上げた。

「いい人が見つかるといいですね、といわれちまいました。おいらの気持ちを伝えるより先に、おかよさんがそういったんです」

「ちょ、待っておくれ。話を聞いてるぶんには、おかよさんもお前さんに惚れてるとしか思えないんだが」

おろくが怪訝な顔をすると、壮吉がいくぶん表情を引き締めた。

「あの、こういうことを軽々しく人に喋《しゃべ》っちゃいけねえんでしょうけど、おかよさんは子供を授からないことを理由に、実家へ帰されたんだそうでして」

「へ、お姑さんと折り合いが悪かったせいじゃ」

「そういうことにしといたほうがいいって、兄さんからいわれたと」

「ふむ」

人の噂ほどあてにならないものはない、とおろくはつくづく思った。

「おかよさんがどういうつもりでそんなことをいい出したのか、そのときはわからなかったんですが、おいらを気遣ってくれたんじゃねえでしょうか。嫁ぎ先で、たいそう辛い思いをしたでしょうから」

「お前さん、何もそんな……」

そんなふうに気にすることはないと、おかよにどうして声を掛けてやらなかったのか。そういおうとして、おろくははっとした。後添いをもらって跡取りをこしらえろだの、孫の顔を見せてもらえたら安心できるだの、弥平とおろくが何気なく口にしたことが、壮吉を追い詰めていたのではないだろうか。

行燈の油が尽きかけているとみえ、かすかな音を立ててあかりが瞬く。

壮吉の顔がにわかにゆがんだのは、そのときだった。

「でもおいら、後添いをもらうよりも、もっと肝心なことがある気がしてならねえんです。おいらひとりが仕合せになるなんて、そんなの、おみさが堪忍してくれねえんじゃねえでしょうか」

「壮吉っつぁん、何をいって……」

おろくが眉をひそめると、壮吉が大きく息を吸い込み、顔を両手で覆う。指の

あいだから吐き出される息がふるえていた。

「あの日、おみさが昼飯を運んできたとき、おいらは焚き口から目を離せなかった。どうも薪《まき》が湿ってたのか、急に燃える勢いが弱まっちまったんです。おいらは乾いた薪を外の置き場から取ってきて、焚き口にくべた。どうにか持ち直したんで、昼飯の握り飯に手をつけました。幾度も焚き口をのぞき込んで、ぜんぶたいらげるのに四半刻近く掛かったと思います。おみさはにこにこして待っていてくれた。しゃかりきになって火を焚いてると、あんがい暑さは感じねえが、じっさい釜場は冬でも灼熱《しゃくねつ》地獄になる。夏はなおさらだ。おみさの体が、暑さに悲鳴を上げたに違いねえ。おいらが気に掛けていれば、あんなことにはならなかったんだ。おみさ、すまねえ、ほんとうにすまねえ……」

がっしりした肩を波打たせ、涙の合間に声を絞り出す壮吉を、おろくは茫然《ぼうぜん》と見つめた。おみさが亡くなったとき、壮吉はじっと悲しみを堪《こら》えているようだった。振り返ってみれば、甚《はなは》だしく取り乱したおろくの前では、己れの心持ちを表に出すことができなかったのかもしれない。

おみさの代わりに昼食を運べばよかったとおろくが悔やんでいるように、壮吉もまた、この三年のあいだ己れを責め苛《さいな》んでいたのだ。

そう思うと、おろくの中に何ともいえない感情が湧いてきた。

「壮吉っつぁん、おみさのことをそこまで思ってくれて、ありがとう。あたしゃ嬉しいよ。この世を去る寸前までお前さんのそばにいられて、あの子は仕合せだったと思う。だからもう、自分を責めるのはよしておくれ。この世にいる者たちがいつまでもめそめそしていたんじゃ、あの子はきっと喜ばないよ」

壮吉に語り掛けながら、しまいのほうは自分にもいい聞かせるような心持ちだった。

「おふくろさん……」

壮吉が手を顔から離した。涙に濡れた目が、行燈のあかりを受けて光っている。

「ときに訊かせてもらいたいんだが、おまゆさんとの縁談が持ち上がったとき、待ったを掛けなかったのは何ゆえだい」

目に映るあかりが揺れた。

「それは……。縁談がまとまれば、おかよさんへの気持ちに踏ん切りがつくんじゃねえかと」

「ああ、なんて馬鹿なんだ、お前さんは。だいたい、毎日、おかよさんが菓子を届けにくる頃合いを見計らって表へ出てきたりして、ちっともあきらめようって

気がないじゃないか」

おろくは思わず声を上げた。このときくらい壮吉に対して実の親子のような情を抱いたことはなかった。

「子は授かりもの、天のみぞ知るところだ。授からなかったら、養子をもらったっていい。お武家だって商家だって、そんな例は数え切れないほどある。おかよさんにも、お前さんからそういっておやり」

「……………」

「いいかい。自分がどうしたいのか、自分にとっていっとう大切なのは誰なのか。いま一度、じっくり考えてごらん」

六

およそふた月後。

扇湯の女湯では、湯から上がって浴衣に着替えたばかりの女たち三、四人が、板間の一角でくつろいでいた。このほど、脱衣所をいくらか模様替えして床几《しょうぎ》を置き、湯上がりの客がひと息つけるようにしたのである。

「女湯にも、こういう休み処《どころ》がほしかったんだ。湯に入ってすっきりして、茶を飲みながら菓子をいただける。なんとも嬉しいねえ」

「こんな楽しいことを男の人だけに味わわせておくなんて、もったいないよ」

「ふだんは寿湯に通っているけど、扇湯に休み処ができたと聞いて来てみたんですよ。こんどから、こっちに通おうかしら」

女たちの声が、高座にいるおろくの耳にも入ってくる。

日が暮れるまで間のあるいま時分は、おろくと同じか、もう少し齢がいったくらいの女たちと、その孫といった客が目につく。

「ねえ、おばあちゃん。わたし、お団子が食べたい」

「そうかい、じゃあ、ばあちゃんは饅頭をいただくとしようか。すみません、団子と饅頭をくださいな。それと、お茶も」

「はい、かしこまりました」

応じたのは着物に襷掛《たすきが》けのおかよで、団子と饅頭をそれぞれ重箱から器に移して客に差し出し、丸火鉢の鉄瓶に沸いている湯で茶を淹れる。きりきりしゃんとした立ち居振る舞いにおろくが見とれていると、おかよがいそいそと高座へ近寄ってきた。

「おっ母さんも、お茶をどうぞ」

すっと腕が伸び、おろくの膝許に湯呑みが置かれる。

「ちょうど咽喉が渇《かわ》いてたんだ。よく気がついたね」

「おかよさん、きんつばをもらえるかい」

おかよが休み処へ戻るのを待ちきれずに声をよこしたのは、豆腐屋のおすがである。「亭主の玄助が浮気したことに悋気して家を出ていった」と廻り髪結いのおたかがうそぶいていたが、それから二、三日して扇湯に顔を見せたおすがは、「実家の母親が体の具合を悪くしたので看病にいっていた」といった。まことのところはともかく、おろくはおすがの言い分を信じている。

壮吉とおかよが祝言を挙げたのは、ひと月ほど前のことだ。二人とも二度目ではあるし、ごく内輪だけのものだったが、じつになごやかな宴だった。

とはいえ、そこへ至るまでにひと悶着《もんちゃく》あったのはいうまでもない。

若竹屋との縁談を白紙に戻し、おかよと一緒になりたいと壮吉から切り出されると、弥平はぽかんとし、目を剝いて怒りだした。

「見合いの日取りを決める段になって縁談を断りてえとは、いってえどういう了簡だ。若竹屋さんにはむろん、仲立ちを頼んだ彦さんにも、じつは壮吉には深く

いい交わした仲の女がいてと、どの面下げていえるってんだ。そんな身勝手が通ると思うのかッ」

壮吉は、これまでいい出せなかったことをひたすら詫びたものの、しかしながら、いったん口にしたからには肚を括ったとみえ、引き下がりはしなかった。

「お前さん、壮吉っつぁんは身勝手なんかじゃない。情が深いからこそ、こうなっちまったんだ」

おろくがとりなそうとあいだに入ったが、弥平は壮吉の肩を持つようなそのひと言が気に食わなかったらしい。壮吉とおかよのことは何が何でも承服してやるものかと、すっかり臍《へそ》を曲げてしまった。

これではにっちもさっちもいかない。どうしたものかと、高座で頭を抱えているおろくに近寄ってきたのが、くだんのおたかであった。

「ねえ、平尾宿に若竹屋って料理屋があるんですけどね、娘さんが日本橋にある大店へ女中奉公に上がったんだけど、そこの若旦那とできちまったらしくてね。かんかんになったご主人夫婦に追い出されて、家に戻ってきたんですって。え、周りは知ってるのかって？　おろくさん、何いってるの。そんなの自分で言い触らさない限り、周りが知るはずないでしょう。まあ、表向きはね。でも、板橋宿

は日本橋から三里と離れちゃいないんですもの……」

謎かけのようなことをいって、おたかはふふっと笑った。

真偽のほどはさておき、おろくはまるごと聞き入れることにした。おたかのいうことが、いちいち腑に落ちたのだ。

おろくから経緯《いきさつ》を耳にした弥平は、後日、この縁談はなかったことにしてほしいと若竹屋に申し入れた。若竹屋はなかなか首を縦に振らなかったが、日本橋に古い存じ寄りがいると弥平が口にした途端に顔色が変わり、すんなり承知したのだった。

「おろくさん、いい湯だったよ。また明日も頼むよ」

男湯の土間から声が掛かり、おろくは首をめぐらせた。

「あら、玄助さん、帰るのかい。おすがさんも上がってるよ。呼んであげようか」

「いや、湯上がりに菓子を食べながらほかのかみさんたちとお喋りするのが、このごろの楽しみみてえで……。ゆっくりさせてやってくだせえ」

苦笑まじりにいって、玄助が表へ出ていく。撥《は》ね上げた暖簾の先から、西へ傾いた陽が射し込んできた。光は、はや秋の色となっている。

このひと夏で、高座から見える景色はすっかり様変わりした。女湯の休み処はもちろん、男湯の脱衣所も壮吉とおかよが引札の高さが揃うように貼り替えて、見た目がすっきりした。雨漏りしていた二階の屋根も、近々職人に修繕してもらう手筈《てはず》がついている。

女湯に休み処をこしらえてはどうかと案を出したのは、おかよであった。「扇湯は心のごちそうでお客をもてなしている」といったおみさの話を、壮吉から聞いて思いついたのだという。

そもそも半年ほど前、というから春先のことになるが、壮吉との話の中で扇湯から客足が遠のきつつあると知ったおかよは、菓子職人の兄とも相談して、扇湯に納める菓子の甘さを控えめにしたり、腹にたまらないよう小ぶりにしたりと、工夫を凝らしてくれていたのだ。壮吉は、おかよの気働きのよいところに惹かれ、お礼も兼ねて神社の百日芝居に誘ったのだった。

夫婦となった二人からそれを聞いたおろくは、甘いものを不得手にしていた彦兵衛があんころ餅を食べていたのを思い出し、そういうことかと合点《がてん》がいった。

休み処では、女たちのほがらかな笑い声が上がっている。そこに姿はなくとも、おみさが溶け込んでいるのをおろくは感じた。

「おろくさん、こんにちは」

女湯の暖簾が割れ、客が土間に入ってきた。

おろくはいつものように声を返す。

「おいでなさいまし。熱い湯が沸いてますよ」

あんなに嫌いだった夏が、いつしかいとおしくなっている。

ほおずき長屋のお豪

坂井希久子

一

日銭貸しの、お豪《ごう》婆さんが殺された。

長谷川町《はせがわちょう》のほおずき長屋で、変わり果てた姿となって見つかった。

報《しら》せを受けて定町廻り同心橘幾馬《たちばないくま》は朝餉《あさげ》もそこそこに現場に向かった。

ほおずき長屋にはすでに岡っ引きの弥平《やへい》が到着しており、野次馬が勝手をせぬよう差配していた。物見高い連中の肩越しに目が合うと、「旦那、こっちだ！」と手を上げた。

人垣が割れ、幾馬は目当ての部屋に入る。どこにでもある、四畳半ひと間の棟割長屋だ。敷きっぱなしの夜具は乱れ、その上に骸《むくろ》が転がっていた。

寝ているところに、押し入られたのか。継ぎの当たった寝間着姿の老婆が、皺《しわ》んだ乳を放り出して死んでいた。半白の髪は痩せて髷《まげ》が結えないらしく、ざんばらで、手足は棒のように痩せている。

「こいつが、お豪婆さんでやす」

弥平が耳元に囁《ささや》いてくる。昨夜の酒が残っているのか、吐く息が生臭い。

幾馬はさりげなく顔を背け、問いかけた。

「金貸しだったと聞いているが」

「へい、長屋のおかみさんたちの話じゃ、ずいぶん貯め込んでやがったようです」

そのわりに、質素な暮らしをしている。部屋の隅に柳行李《やなぎごうり》が置いてあるほかは、女の一人住まいというのに鏡台すらない。台所の鍋釜の類も、どこで見つけてきたのか、へこみが目立つおんぼろだった。

「物取りか？」

「まだ分かりやせん」

唯一の調度品と言っていい柳行李は蓋が開けられ、中の物が引き出されていた。ざっと見るかぎり金目のものはなく、これまたぼろ布同然の、着物や手拭いなどである。

本当に金など貯め込んでいたのかと、疑いたくなる暮らしぶり。あらためて、幾馬は骸の傍《かたわ》らに膝をついた。

検視《けんし》には、自信がある。十三のときに見習いとして南町奉行所に出仕するようになり、当時の上役から仕込まれた。膾《なます》切《ぎ》りにされた仏を前にしても眉ひとつ

動かさなかったがゆえに、素質ありと目されたのだろう。

「戸板を」

見落としがないよう、検視は薄暗い室内ではなく、屋外で行われる。骸を乗せて運ぶため、戸板を持ってこいと弥平に命じた。

しかし、屋外に運ぶまでもない。お豪の顔は赤紫色に腫《は》れ上がり、結膜には溢《いっ》血点《けってん》が見られる。なにより首元にくっきりと、手指の痕。まず間違いなく、絞め殺されている。

「持って来やした！」

弥平が下っ引きと共に、戸板を運び込んでくる。幾馬は立ち上がろうとして、夜着のわずかな膨《ふく》らみに気がついた。

夜着をそっと、めくり上げてみる。なにごとかと覗き込んだ弥平が、「ひっ！」と声を引きつらせた。

まるで、添い寝をするような位置である。年季の入った市松人形《いちまつにんぎょう》が、薄汚れた顔で微笑《ほほえ》んでいた。

近所の住人たちの話では、お豪は間違いなく、日銭貸しを営んでいたという。

烏金《からすがね》や、百一文《ひやくいちもん》と呼ばれる金貸しだ。前者は借りた翌日の朝、つまり烏が鳴くころに元利を添えて返さねばならない。後者は朝百文を借りて、夕方には利息の一文をつけて返すことからそう呼ばれている。

どちらも朝に品物を仕入れ、その日のうちに売りきってしまう、担い売りから重宝されているという。なにしろ天候に左右されやすい商いだ。雨の日が続いて仕事ができず、手元に仕入れの金がない。そのような事態に見舞われることも、稀《まれ》ではなかった。

「金目のものがない？　そんなはずない、床下を見てごらんよ」

向かいのおかみさんに言われて畳を剥がしてみると、床板の一部が外せるようになっていた。そこから銭がぎっしりと詰まった壺が、三つも見つかった。

「行李にも少しは入れてあったかもしれないが、たいした額じゃないだろうね。お豪婆さんはこの壺を守るために他出もせず、厠《かわや》だって瞬きのうちに済ませちまうんだ。呆《あき》れた業突《ごうつ》く婆ァだよ」

「本当に、金に汚いったらありゃしない」

他のおかみさんたちも、そうだそうだと声を揃える。

「並外れた吝嗇《けち》なのさ。金はあっても、増やすことだけが喜びで使おうとしない。

こういった裏店《うらだな》じゃ、醬油や味噌の貸し借りなんざあたりまえなのに、婆さんたら『利子がつくなら貸してもいい』ときたもんだ」

「アタシなんざ、子供をちょっと見といてくれとお願いしただけで、手間賃をねだられたよ」

「金貸しも、すんなりとは貸さないってね。婆さんに悪態をつかれて、客が怒って帰るなんてしょっちゅうさ」

問いかけずとも、お豪の悪口で勝手に盛り上がる。この界隈では、なかなかの鼻摘まみ者であったらしい。

「若いころは美人だったっていうけど、今じゃ見る影もないしねぇ」

「いやいや、待てよ。それは婆さんが吹聴《ふいちょう》してただけだろ。嘘に決まってらぁ」

お豪の容貌に話が及ぶと、それまで様子を窺うだけだった亭主たちも話に加わった。

「だが、商家の旦那の妾《めかけ》をしてたって話もあるぜ」

「それも嘘だろう」

「旦那といったって、好みは様々だ。醜女《しこめ》が好きだったのかもしれねぇ」

「うへぇ、やめてくれ。あんな女、金を積まれたって御免だぁ」

口々にお豪の容貌を馬鹿にして、笑い合う。聞いていて、あまり気持ちのいいものではない。

「旦那、ちょっとすいやせん」

とそこへ、弥平が一人の男を連れてきた。朝一番にお豪の骸を見つけた、担い売りであるという。

「へぇ、お豪婆さんに金を都合してもらおうと参りました。こういう商いですから、夜も明けきらぬうちです。婆さんはもう歳なもんで、どんなに早く訪ねても起きていました。でも今日にかぎって、腰高障子を叩いてもなんの返事もない。おかしいと思って障子に手をかけてみたら、すんなりと開いたんです。すると中にはあの骸が――。アッシじゃありません。決して、アッシは殺しちゃいませ ん!」

担い売りにしては、線の細い男である。かかわることなどめったにない同心を前にして、己が疑われているのではないかと怯《おび》えている。

「お豪からは、よく金を借りていたのか？」

「ええ、まぁ。アッシは生来虚弱なたちで、風邪をひきやすいもんで。お豪婆さんにはその性質をどうにかしろと、くどくど嫌味を言われますが、我慢して聞い

てると貸してもらえます」

堪え性のない輩《やから》はその途中で腹を立てて立ち上がり、お豪と喧嘩になるという。結果「お前なんぞに貸す金はない！」と、追い出されるというわけだ。

お豪に金を貸してもらえずに、恨みに思っている者は多いという。婆さんが殺されたと知って、「ざまぁみやがれ」と吐き捨てた者もまた。

下手人《げしゅにん》捜しは、難航しそうだ。

幾馬はしばし口を閉じ、頭の中を整理する。

お豪は昨夜のうちに、何者かに殺された。首を強く絞められており、骸の右手の爪の中には皮膚片が残されている。言い争う声や、抵抗する物音は聞こえなかったのだろうか。

「それがね、アタシも亭主も気づかなかったんですよ。こんな長屋に住んでりゃ、人の気配なんざ慣れっこだから、ちょっとやそっとの物音じゃ起きませんしね。大声で叫ばれたり、戸をどんどん叩かれたりすりゃ飛び起きますけどね」

お豪の隣には、四十半ばの夫婦者が住んでいた。子はすでに独り立ちし、二人住まいであるという。

隣の者にも気づかれぬほど、お豪の抵抗は弱かったのか。あるいは寝込みを襲われたのかもしれないが――。

「でも変だよ。お豪婆さんは、夜には必ず心張り棒を支《か》って寝ていたじゃないか。人が来ても、いっこうに開けやしない。無理に押し入ったなら、大きな音がするはずだよ」

そう言ったのは、おかみさんたちの傍《そば》で遊んでいた十ばかりの男の子だ。この子はなかなか、筋がいい。

ならば心張り棒は、お豪が自分で外したと見るべきだ。下手人とは、親しい仲だったのだろうか。

「いいや、お豪さんは誰にも気を許していない感じだったよ。詳しくは知らねぇが、肉親もいないだろ」

「そうだねぇ、聞いたこともないね」

お豪は己の来しかたを、あまり喋らなかったようである。どこで生まれたのか、亭主や子はいたのか、どういう経緯で日銭貸しとなったのか。近隣の者は、誰も知らなかった。

「ああ、でも近ごろは、変わった男が出入りしてたよ」

隣のおかみさんが、思い出したと手を叩く。これは聞き捨てがならない。

「その男の風体《ふうてい》は？」

「三十がらみの、小店の亭主って感じだね。こざっぱりとした男だよ。でもお豪婆さんを訪ねてくるのはたいてい担い売りだし、それも朝か晩だ。真っ昼間に客なんて珍しいと、不思議に思っていたんだよ」

なるほど、変わっているのは男そのものではなく、状況か。それがどこの誰だか、おかみさんには心当たりがないそうだ。

気になることは、あと一点。幾馬は弥平に持たせておいた、市松人形を取り上げる。

「ところでこの、人形は？」

持つと案外、ずしりと重い。古びてはいるが縮緬《ちりめん》の赤い振袖を着せられており、丁寧に仕上げられている。同じようなものを新しく買えば、それなりの値はするだろう。

調度品もろくになく、質素を通り越して寒々しいお豪の部屋には、不釣り合いに思えた。

「そりゃあ、お豪婆さんが可愛がってた人形だよ」

「そうそう。井戸端に出るときは、紐でおぶったりしてね。夜具に寝かされてた？　なら夜も一緒に寝てたんだねぇ」

「なんでそんなことをしてたかは知らないよ。昔っからそうだから、アタシたちもすっかり慣れっこになっちまってね。言われてみりゃあ、おかしいよねぇ」

やだねぇと、おかみさんたちが笑い合う。

裏店の住人は、移り変わりが激しい。その中でお豪は最古参と言ってよく、おかみさんたちが移り住んできたときにはもう、人形を愛《め》でていた。皆はじめはぎょっとするものの、そのうち風景の一部となり、気にならなくなってしまうという。

金だけを信じ、一人で生きてきた老女が、唯一愛したのが人形か。幾馬は胸の内に、物寂しい風が吹くのを感じた。

「大家は？」

「自身番に待たせておりやす」

短く問うと、すかさず弥平が答える。自身番は、町の四つ辻などに置かれた詰所である。

「行こう」

今のところはもう、住人達に聞くべきことはない。市松人形を弥平に渡し、歩きだす。

弥平は人形をさらに下っ引きに押しつけて、後をついてきた。

裏店の出口となる路地木戸の脇に、鬼灯《ほおずき》の鉢が置かれていた。夏が過ぎ、恥じらうように色づいている。子供のころはよく、笛のように吹き鳴らして遊んだものだ。

「ここはなぜ、ほおずき長屋と呼ばれているんだ？」

「なんでも裏店の持ち主が、中条医だそうで」

弥平の答えに、幾馬は顔をしかめた。

中条医は、堕胎専門の医者である。子堕《こおろ》しには、鬼灯が使われる。

悪い冗談であった。

二

裏店を借りるにも、請人《うけにん》が必要となる。

自身番で待っていた大家はそのあたりのことも心得て、帳面を持参していた。

「私が大家を引き継いだときにはもう、お豪さんはあの部屋に住んでおりまして」

それからもう、十五年は経つという。前の大家が書き記した帳面には年号がなく、お豪がいつから住んでいるかは不明らしい。

「幸いこのあたりは長らく火事に見舞われておりませんので、いつ、どこから移ってきたのやら。顔を合わせるたび、『おんぼろ長屋のくせに』と店賃を値切ろうとしてくる、欲どうしい婆さんでしたよ」

暑くもないのに出てくる汗を拭いながら、大家は帳面を見せてきた。請人は浅《あさ》草田原町《くさたわらまち》に住む、相模屋伝衛門《さがみやでんえもん》となっている。

これ以上大家を問い詰めても、住人たちより詳しい話は出ないようだ。早々に切り上げて、幾馬は浅草へと向かった。

相模屋は、労せずして見つけられた。表通りに店を構える、足袋《たび》屋である。しかし、伝衛門と会うことは叶わなかった。十年も前に他界しており、息子が跡を継いでいた。

「お豪さん、でございますか。すみませんが、心当たりはございません」

応対に出た息子も、決して若くはない。鬢《びん》の毛には白いものが混じりはじめて

いる。母親もすでに亡くしているそうで、話を聞くことはできなかった。

「旦那、そろそろ」

幾馬に始終つき従っている小者《こもの》が、耳打ちをしてくる。残念ながら、こちらもお豪殺しにばかりつき合っていられない。出仕の刻限が迫っていた。

引き続きお豪の身の上を知る者を捜すよう弥平たちに命じ、幾馬は南町奉行所のある数寄屋橋《すきやばし》へと足を向ける。

大川《おおかわ》が近いせいだろうか。目が痛くなるほど青い秋空を、海猫《うみねこ》が赤子のような鳴き声を上げて横切っていった。


お豪の身の上が分かったと、弥平が知らせてきたのは二日後のことだった。

定町廻り同心はその名の通り、町を廻るのが仕事である。受け持ち区域の自身番を巡り、変事はないかと聞いて回るのである。

その途上で、弥平が幾馬を見つけて近寄ってきた。

「なんとお豪婆さん、本当に妾奉公をしていやがりました」

弥平たちは幾馬と別れたあとも聞き込みを続け、お豪の旦那だった男に行き当たったという。正しくは、「旦那だった男の一人」か。お豪は安囲いの妾だった

のだ。

妾を持つにも、金がかかる。それでも遊びたい旦那たちは、幾人かで話し合って一人の妾を共有する。お豪は鄙《ひな》びた風情のある向島《むこうじま》に家を与えられ、なんと五人の旦那を相手にしていたという。

田原町の、相模屋伝衛門もその一人。他の三人も鬼籍に入っており、辛うじて一人だけ生きていた。それが今戸《いまど》に住む、桶屋の隠居であるという。

「はぁ、お豪ですか。たしかに二十年ばかり前に囲っておりました。いいや、もう二十五年になるでしょうか。ともあれ昔の話です。今じゃアタシもすっかり爺むさくなっちまったが、あのころは脂《あぶら》が乗っておりまして。ここはひとつ妾でも持ってみようかと、遊び仲間五人で盛り上がったわけです」

弥平が隠居の口真似で喋りだす。これがこの男の特技である。時折「ヘヘッ」と下卑《げび》た笑いを挟むのも、隠居の特徴なのだろう。

「お豪とは、口入《くちい》れ屋の繋ぎで知り合いましたよ。見目は整っちゃいるが、そのころすでに中年増でねぇ。そのぶん安く囲えました。品川《しながわ》で板頭《いたがしら》を張ってたって話でしたが、本当のところは分かりゃしません」

ぴくりと幾馬の眉が動く。品川といえば、遊郭である。岡場所ではあるが、吉《よし》

原《わら》を北、品川を南と呼び習わすほど勢いがあった。中でも板頭は、見世《みせ》で一番の女郎をいう。

気にはなったが、口を挟まず続きを聞くことにした。弥平の弁舌はますます冴えわたっている。

「気の強い女でしたねぇ。金を出し合って女中を一人置いてやってたんですが、やれ味噌の使いすぎだ、厠の落とし紙が減りすぎだなどと言って責め立てる。アタシらまで行灯《あんどん》の油がもったいないから、やること済ませて早く寝ろと急き立てられる始末です。それでもまぁ床上手だったもんで、三年ばかり囲いましたかね」

語られる性格は、晩年のお豪にも通じている。昔から、並外れた吝嗇《りんしょく》だったのだ。

「そのうち仲間の一人が病を得て、もう一人は商いが傾いた。二人も欠けちゃ金が苦しいもんで、安囲いも仕舞いにしようって話になったんです。お豪には、手切れを弾んでやりました。そうしないと、店にまで怒鳴り込んできそうだったんでね。その金と、せこく貯め込んだ給金を元手にして、小間物屋を開いたらしいと噂に聞いちゃいましたが。そうですか、日銭貸しになっておりましたか。しか

も人に恨まれ殺されたとは。なんとも業の深い話ですねぇ」

口ではそう言いつつも、隠居はお豪を悼《いた》む素振りなど見せなかったという。ただ仲間と馬鹿をやって楽しんだことを、懐かしく思い出しているようだった。

かつての旦那ですら、お豪の死を悲しみはしなかった。

「ならばお豪は、小間物屋でさらに小金を増やしてから金貸しになったのか」

「へぇ、店は深川《ふかがわ》にあったようです」

その場所も、弥平はすでに突き止めていた。

深川八幡宮の、一の鳥居手前の黒江町《くろえちょう》。近くに住む婆さんが、お豪のことを覚えていた。

弥平がガラリと口調を変える。嗄《しわが》れた老婆の声である。

「はいはい、お豪さんね。ええ、あすこで小さな小間物屋を営んでおりましたよ。主な客は、粋な旦那たちです。このへんはほら、岡場所ですから。贔屓《ひいき》の女に贈る品を、お豪さんに見立ててもらうんですね。あの人も女郎上がりだというんで、好みの品が分かるんでしょう。店はそれなりに繁盛していたみたいですよ」

そこまで言って、弥平は唇をぺろりと舐めた。これは婆さんの癖なのだろう。

「お豪さんはあのころ三十路の年増だったけど、元の容色がいいもんで、ずいぶん言い寄られていたんです。独り身じゃ苦労も多かろうし、誰かと縁づいちゃどうかと言ってやったこともあるんですがね。鼻で笑われちまいました。男に頼って生きるなんざ、もうまっぴらだってね」

弥平の語りに、引き込まれる。髪を島田《しまだ》に結ったお豪が、皺立っていない頬を歪《ゆが》めて笑った気がした。

「男が寄ってくるのも煩《わずら》わしいようで、小間物屋の主人は身綺麗にしてなきゃいけないのが不便だと零《こぼ》しておりましたよ。それからしばらくして、店を畳んじまいました。アタシを含め、周りの者にはなにも言わずにね。その後なにをしているのかと思っていたけど、そう、日銭貸しなんぞに手を染めて、殺されたのかい。所帯を持ってまっとうに生きれば、そんな惨《むご》いことにはならなかったろうにねぇ」

可哀想にと呟《つぶや》いて、弥平は語りを終えた。

老婆はお豪を悼むというよりも、その生きかたを責めている。人の忠告を聞かないからこうなるんだと、憂《う》さが晴れたようですらあった。

幾馬はしばし、瞑目《めいもく》する。見習いを含めると、同心になってすでに二十三年。

人殺しの現場には、何度も出くわしてきた。殺された者の中には、「ざまぁみやがれ」と罵《ののし》られる輩もいる。誰からも惜しまれず、静かに忘れ去られてゆく者だって。

お豪もまた、その類なのだろうか。下手人を炙《あぶ》り出そうとすれば、どうしても殺された者の過去まで暴かれる。

はたしてお豪は、殺されるほどのことをしたのだろうか。

「お豪が働いていたとされる、品川の見世にもあたりをつけてあります。行きやすか？」

弥平に問われ、ゆっくりと目を開けた。

聞き込みは、岡っ引きたちに任せておいても差し支えない。しかし幾馬は、お豪という女のことをいま少し知りたくなった。

「ああ、行こう」

「下っぴきから、他にもいくつか報告が上がっておりやす。歩きながら話しましょう」

幾馬たちは、水天宮《すいてんぐう》の傍にいた。ここから品川宿までは、大人の男の足でも一刻はかかる。

「分かった」

同心の定服でもある、三ツ紋の黒羽織を翻《ひるがえ》して歩きだす。弥平と小者が、そのあとをついてきた。

足早に歩きながら、下っぴきから上がってきたという報告を聞く。

お豪から金を借りたことのある、担い売りたちへの聞き込みだ。評判はやはり、芳《かんば》しくはない。

「こっちは金を借りる立場だからさ、下手《したて》に出てりゃあの婆さん、言いたい放題だ。しまいにゃ、金がねぇのは博打《ばくち》で擦ったか、呑んじまったんじゃねぇかと難癖をつけやがる。この商いは、そう儲かるもんじゃねぇ。ちょっと雨が続いただけで、仕入れの金が日々の掛かりに消えちまう。そのくらいのこと、お前さんだって知ってるだろ？　なのに婆さんときたら、人を疑ってかかるのが習いになっちまってんだよ」

「俺が借りたのは百一文だけどよ、『日暮れまでに顔を見せなかったら、どうなるか分かってんだろうね？』と、物凄い目で睨《にら》んできやがるんだ。借金を踏み倒そうとした奴の枕辺《まくらべ》に、婆さんが可愛がってたあの人形が立ってたってぇ噂も

ある。気味が悪いったらねぇよ。でも他にあてもねぇから、金に困ったら婆さんを頼るしかなかったんだ」

担保も証文も取らない鳥金や百一文は、貸した金を踏み倒されることも多い。しかしお豪が損を出すことは、滅多になかったそうである。

厳しい取り立てや、座り込みをしたわけでもない。それでも皆「あの婆さんを怒らせたら面倒だ」と恐れ、決められた額を返している。

「市松人形の由来は、分かったのか？」

人形と聞いて、ふと気になった。

弥平が首を横に振る。

「いいえ、それはまだ。なにか、引っかかってるんですかい」

「そういうわけじゃないが」

あのうら寂しい部屋に、細工のいい人形は不釣り合いに見えた。ただそれだけのことだが、周囲から浮いているものにはなにかありそうに思えてしまう。

「桶屋の隠居の話じゃ、妾奉公をしていたころには、すでにあの人形を持っていたそうで」

ならば、それ以前。女郎時代の客にでも、貰ったのであろうか。

お豪がいた見世は、歩行新宿《かちしんしゅく》の白木屋《しろきや》という。弥平に案内され、幾馬はその前に立った。

まずまずの、中見世である。

三

「そんな昔のことを聞かれてもねぇ。今さら分かりゃしませんよ」

白木屋のおかみさんは機嫌の悪さを隠そうともせず、鼻っ柱に皺を寄せた。楼主とそのおかみが使う、内所である。台所と繋がっており、そちらは飯の支度で大騒ぎ。すでに昼四つ。女郎たちが起きてくる刻限だという。

「二十五年より前じゃ、帳面も残っちゃおりませんからね。アタシだってまだ、十にも満たない子供です。女郎のことなんざ知りません」

おかみさんは、家つき娘であるという。ならば亭主に話を聞いても無駄というもの。先代夫婦はすでに亡く、当時を知る女郎だって残っているはずもない。

「遣り手《やりて》は女郎上がりですが、それだって十年ほど前からですよ。おかしなことを聞いて、あんまり困らせないでくださいな」

お燗場《かんば》を挟んだ向こうにある広間が、しだいに騒がしくなってきた。寝起きの女郎たちが、集まってきているのだろう。この妓楼は、いったい何人の妓を抱えているのだろうか。

お上《かみ》も認める吉原とは違い、品川は岡場所だ。名目上妓楼は食売《めしう》り旅籠《はたご》、妓たちは飯盛り女ということになっている。抱える女の数にも厳しく上限が定められているのだが、そんなものを守っている見世はない。

それゆえに、町奉行所の同心などに出入りされては迷惑なのだ。江戸四宿《ししゅく》と呼ばれる千住《せんじゅ》、板橋《いたばし》、内藤新宿《ないとうしんじゅく》、品川は、道中奉行の管轄でもある。こんな所まで出しゃばってくるんじゃないよと、おかみさんの木で鼻を括ったような態度が物語っている。

「さぁ、お帰りはあちら。妓たちが怖がりますから、広間は通らないでくださいね」

指し示されたのは、台所の土間の先にある裏口だ。玄関から上がったはずだが、いつの間にか履物もそちらへ移されている。

「このアマ、黙って聞いてりゃ――」

あまりの扱いに、傍らの小者が気色《けしき》ばむ。幾馬は腕を突き出して、それを止め

た。

「あい分かった。手間を取らせてすまなかったな」

お上がその気にさえなれば、こんな見世などすぐ取り締まれる。こういった妓楼の楼主たちは、どうかご公儀の目が向きませんようにと、祈り暮らしているはずだ。あまり怯えさせるのはよろしくない。

不満顔の小者と弥平を促して、幾馬は立ち上がった。妓楼には、出入りの業者も多くいる。見世の者が代替わりしていても、古くからのつき合いはあるだろう。

「すいやせん、せっかくご足労いただきやしたのに」

裏口を出ると、弥平が頭を下げてきた。

謝罪には及ばない。聞き込みが実を結ばぬことなど、いくらでもある。いちいち苛《いら》立《だ》っていては、同心など勤まらない。

その代わり、弥平に出入りの業者を当たるよう命じた。

「かしこまりやした。旦那は町廻りにお戻りですか」

「ああ、そうしよう。頼んだぞ」

そう告げて、幾馬は小者だけを連れて去ろうとする。だがその前に、背後から声がかかった。

「あのう。もし、もし」

振り返ると、童《わらべ》のように小さな老婆が身をすくめて立っていた。元より小柄だったのか、それとも歳を取って縮んだのか。半白の髪は髷を結えず、後ろで一つに束ねてある。左の目が白く濁っており、もしかすると見えていないのかもしれなかった。

着ているものも顔も手も、薄汚れている。思い返してみればさっき、台所の隅に屈んで炊きつけにする木切れを細く割いていた。白木屋で使われている、下女であろう。

「どうした？」

幾馬が尋ねると、老女はびくりと肩を震わせた。怯えさせるつもりはなかったのだが。気の小さい女である。

それでも同心を呼び止めたのだから、ひとかたならぬ用があるはずだ。辛抱強く待っていると、やがて老女は衿元《えりもと》を握りしめてこう言った。

「先ほど、お豪さんの名前が聞こえてきましたもので」

ざわりとうなじの毛が逆立った。気づけば幾馬は、勢い込んで尋ねていた。

「お豪を知っているのか！」

しまった、語気が強すぎた。

老女は両目をぎゅっと瞑り、縮み上がった。

品川の娼妓には、吉原のような源氏名はない。妓たちはたいてい、まことの名で出ている。お豪もまた、名前を変えずに客を取っていたのだろう。

「ええ、たしかにお豪という名の女郎がおりました。二十五年前――。もうそんなになりますか。そうですね、アタシもまだ三十路でしたからね。子ができず婚家から離縁されて、それからずっと白木屋の台所で働いております」

気持ちを落ち着かせてから、老女はぽつりぽつりと喋りだした。気が逸れぬよう相槌は控えめにして、眼差しだけで先を促す。

「アタシが勤めはじめたとき、お豪さんは板頭を張っておりました。歳は、二十二か三でしたでしょうか。ええ、盛りは過ぎておりましたが、綺麗な人で。アタシの目には、後光が差しているように見えました。それだけに、気位が高くって。女郎の中でも心根の優しい方はアタシのような端女《はしため》にもにこやかに接してくれますが、お豪さんの目にはたぶん、アタシなんざ映っていなかったと思います」

そこでいったん言葉を切って、老女は口惜しそうに唇を噛んだ。軽く扱われることに慣れていても、お豪にはそうされたくなかったのかもしれない。おそらく、憧れがあったのだろう。老いてもまだ、その思いだけは残っている。

「でもね、それからすぐに、お豪さんの腹に子ができたんです。並の女郎なら、産ませやしません。子が腹にいる間は客が取れないんですから、見世としては大損ですよ。でもお豪さんは、長年板頭を張ってきた売れっ妓《こ》でした。しかも当人が、産みたいと懇願したようで。しばらくもめておりましたが、楼主が折れて、産ませてやったんです。お豪さんの子なら美しかろうから、女の子だったらいずれ見世から売り出そうという算段もあったんでしょう」

これもまた、業の深い話である。女郎の子は、女郎となるべくして生まれてくる。そう分かっていてもお豪は、腹に宿った子を抱いてみたかったのだろうか。

「ですが、その目論見は外れました。生まれた子は、男の子だったんです。それならもう、見世には置いておけません。お豪さんは乳をちょっと含ませただけで子を取り上げられて、子は里子に出されちまいました。どこの誰に貰われたのかは、教えちゃくれません。あれはちょっと、可哀想でした。泣き顔なんか見せたことのないお豪さんがはらはらと涙を零して、産後の少しやつれた風情とあいま

って、腹立たしいほど綺麗でした」

老女にはもう、幾馬の姿は見えていないようだった。怯えも忘れ、声に勢いがついてくる。濁りのない右の眼《まなこ》が、爛々《らんらん》と輝いている。

「それからのお豪さんは凄かった。なにがなんでも年季を勤め上げて身軽になってやるんだと、心を固めたみたいでね。だけど一年近くも仕事を休んだせいで見世への借財はかさむ一方だし、子を産んだって噂が広まって客も前ほどつかなくなった。だからもう、切り詰められるところは切り詰めて、必死に金を貯めてねえ。見世の若い衆に用を言いつけたときには駄賃を弾んでやるもんだけど、それもなくなって、だんだん嫌われるようになっていきました」

女郎とて、体裁を保つには金がいる。特に季節の変わり目にあたる紋日《もんび》には、移り替えといって新たな衣装を仕立てねばならない。その際に下の者には祝儀を振舞い、見栄を切る。

それらはすべて、女郎自身の出費《かかり》となる。金が工面できなければ見世に借り、借財はますますかさんでゆく。

上客を逃さぬため、着物や部屋の調度をなおざりにすることはできない。そのぶんお豪は客の目に映らぬところで、財布の紐を締めたのだ。売れっ妓ならば自

分の金で日々の食事に卵や魚をつけたりするが、そういうことも一切やめて、新米女郎と同じものを食べていたという。

「その甲斐《かい》あってお豪さんは、借財をきっちり返し終えて、白木屋を出てゆきました。二十七の年季明けより、二年ほど長くかかりましたがね。途中で病に倒れたり、自ら命を絶ったり、客がつかなくなって小見世に住み替えたりする女郎が大半ですのに、見上げたものですよ。それもこれも、別れた子に会いに行きたいという一心だろう。アタシはそう考えましてね、あちこちに尋ね回って、子が貰われた先を突き止めてまいりました」

そう言って、老女は両の手を握り合わせた。土色だった頬が、いくぶん上気している。

「これでお豪さんも、アタシに感謝せざるを得ないだろう。ひょっとしたらこの手を取って、涙を流してくれるかもしれない。さぁ、いよいよです。お豪さんが見世を出る日、アタシは傍近くへ寄って、耳元に囁いてやりました。するとあの人、なんて言ったと思います。アタシを怪訝《けげん》そうに見遣《みや》って、『なにを今さら』って、鼻で笑ったんですよ」

キリキリキリと、奇怪な音が聞こえる。老女が歯ぎしりをしているのだ。この

女はそんなにも、お豪に認められたかったのか。忘れ得ぬ恩人として、心に留まる。そうなりたくて、たまらなかったのだ。

「人形？　ああ、はい。市松人形でしょう。ええ、あれは子を取り上げられた後に、お豪さんが作らせたものです。男の子の人形じゃ未練が勝ちすぎるからと、わざわざ赤い振袖なんざ着せてねぇ。だけど、重さにだけはこだわっていました。いつかの間抱いた子の重さを、忘れたくなかったんでしょう。見世を出るとき、衣装も飾りもすべて置いてゆきましたが、あの人形だけは持っていきましたよ」

それほどの執着を見せていたのに、なぜ。実の子の行方には、興味を示してくれなかったのか。

お豪の恩人になり損ねた老女はついに、ふふっ、ふふっ、と笑いはじめた。

「そうですか。あの人形、まだ持っていたんですね。なんて寂しい人。しかたありません、人の恩というものを、理解しない女なんですから。殺されたのにも、きっとわけがあるんでしょう。なんて酷い、可哀想な最期でしょうね」

ふふっ、ふふっ。ふふっ、ふふっ。

目の前に同心が立っているのも忘れ、老女は笑い続けた。

黄泉《よみ》から響いてくるような、ほの暗い声であった。

四

貰われていった子のほかに、お豪に身寄りはなかったようだ。

元は相州《そうしゅう》だか甲州《こうしゅう》だかの寒村の出で、流行り病でふた親を亡くし、孤児《みなしご》となった。

他人の子を育てる余裕のある家など、一軒もないような村である。お豪は売られ、品川へと流れ着いた。その際に、故郷との縁も切れている。

「けっきょくお豪婆さんは、少しも嘘を言っちゃいなかったんですねぇ」

後ろからついてくる弥平が、ぽつりと呟いた。

言われてみれば、そのとおり。若いころは美しかったという話も、妾をしていたのも、品川で板頭を張っていたのも、お豪の口から語られた過去はすべて事実であった。

正直な女だったのかもしれない。だからこそ、嫌われるということもある。いくら本心でも人を傷つけるようなことを、口にせぬくらいの分別は必要なのだ。お豪には、それができなかったのか。ただ愛想笑いをして上辺だけの礼を述べ

ておけば、たいていのことは収まるのだが。板頭を張っていたくせに、不器用な女である。

「しかも、息子がいたなんてなぁ」

「そうだな」

独り言のような呟きに、幾馬は頷き返す。

人形を可愛がっていたことや、女郎だったという過去から、お豪は子を流したことがあるのかもしれないと睨んでいた。それがまさか、産んでいたとは。

子が貰われていった先は、芝口《しばぐち》三丁目の古道具屋であるという。夫婦が子に恵まれず、後継ぎとして望まれたという話だった。

店の名は、葛西屋《かさいや》という。間口の小さな店だが東海道に面しており、立地はいい。店先に立ってみると、どうやら骨董も扱っているらしいと分かった。

お豪の子が息災ならば、すでに三十路である。店内に並べられた品物にはたきをかけているのは、その妻だろうか。手拭いを姉さん被りにした、中年増である。

「近所から、葛西屋の評判を集めてくれ。息子夫婦についてもな」

「へい」

弥平が腰を折り、幾馬からするりと離れてゆく。周辺の聞き込みは、あの男に

任せておけばまず間違いはない。

「御免」

幾馬は小者だけを連れて、葛西屋に足を踏み入れた。

「いやはや、驚きました。八丁堀《はっちょうぼり》の旦那にいきなり来られちゃあ、客の間でおかしな噂が立ちかねない。商いというのは、人受けが大事なんです。勘弁してくださいませ。うちがなにをしたというんでしょう」

葛西屋の店主だという男が、しきりに汗を拭いている。

三十そこそこの、細面《ほそおもて》。顔の造作は整っており、年恰好からしても、お豪の息子と思われる。名は清十郎《せいじゅうろう》といい、目元にはほんのりと、荒んだような色気が漂っていた。

「はぁ、親父ですか。私が十二のときに悪い風邪をひいて死んじまって、それからはお袋が店を切り盛りしていました。私はまだ、頼りにならない歳でしたからね。ああ、お袋は生きておりますよ。ただこの一年は、寝ついちまってますが。なんでも耳鳴りと眩暈《めまい》がひどいようで」

清十郎はきょろきょろと、落ち着きなく眼を動かしていた。客の目につかぬよ

う幾馬を奥に通したものの、早く帰ってほしくて気もそぞろだ。八丁堀の同心に突然訪ねて来られては、身に覚えがなくとも肩が凝る。

しかしこちらも、聞いておきたいことがある。この男は育ての親のほかに、産みの親がいることを知っているのだろうか。

「なに、たいした用ではない。お豪という女について、聞いて回っているだけだ」

「は、お豪？」

清十郎は首を伸ばし、ぱちぱちと目を瞬く。

「さて、どなたのことやら。はぁ、長谷川町の日銭貸しでございますか。いやまさか、芝からは離れておりますし、知るはずがございません」

お豪の名を出してみても、清十郎は薄笑いを浮かべるのみ。本当に知らないのか、しらばっくれているのかは、判断がつきかねる。

「へっ、お袋にも話が聞きたい？　なんでまた。いやまぁ喋れはしますが、長いこと寝ついているもんで、むさくるしくて。用なら私が伺いますが——。そのお豪とかいう婆さんが、なにかしたのですか？」

母親は、二階に寝かされているという。どうしても直《じか》に話を聞きたいと譲らぬ

姿勢を見せると、清十郎は渋々立ち上がった。

幾馬は背後に控えていた小者と、目配せを交わし合う。

この男はおそらく、お豪のことを知っている。


清十郎の母親は、およそ息子とは似ていなかった。

頬骨が高く張っており、病にやつれたせいでよけいに目立つ。髪も結わずに垂らしているが、嫁の世話が行き届いているのか、見苦しいというほどではない。

無理をせず寝たままでいいと言ってやったが、そういうわけにはいかないと、母親は清十郎の手を借りて身を起こした。

「これはこれは、無礼をお許しくださいませ。清十郎の母の、お松《まつ》と申します。ああ、お話になるときは、左の耳が聞こえませんので、右から話していただけると助かります。本当に、歳は取りたくないものですねぇ」

声はか細いが、穏やかな語り口である。おそらく壮健であったころから、声を荒らげるということのない女だったのだろう。

「でも八丁堀の旦那様が、手前どもになんのご用で――。えっ、長谷川町のお豪さん？」

幾馬がその名を口にすると、お松は背中を支えている息子をちらりと見遣った。なにごとかを、慮《おもんぱか》るような眼差しだ。

しかしそれも、一瞬のこと。お松は幾馬に視線を戻すと、静かに頷いた。

「はい、存じております。息子にも、いざというときには頼りにするよう伝えてありました」

「へっ！　そ、そうだったかな」

狼狽《うろた》えたのは、清十郎だ。幾馬の顔色を窺いながら、へらへらと笑っている。

「そうだよ、忘れちまったのかい。お豪さんはお父《とっ》つぁんが倒れて商いがうまくいかなかったときに、利子も取らずに金を貸してくれたんだよ」

そんなことが、あったとは。金に汚いと噂の、お豪のやりようとは思えない。やはり子が可愛くて、葛西屋の窮状を見かねたのだろうか。

「うちとしては恩のある方ですが、そのお豪さんがなにか――。はっ、殺された？」

体の調子が悪いのも忘れ、お松は身を乗り出した。すぐさま眩暈に襲われたのか、「あっ！」と短く叫んで清十郎に凭《もた》れかかる。

顔も唇も、真っ白だ。それでも焦点の合わぬ眼を、必死に幾馬へと向けてくる。

「どういうことです。いったい、誰に？」

ぜえぜえと、荒い息を吐きつつ尋ねた。清十郎が、その肩を撫でさする。

「ちょっとおっ母《か》さん、落ち着いとくれよ」

「これが落ち着いていられるものですか。お豪さんは、お豪さんはね――」

お松が身をよじり、清十郎に取りすがる。苦しい息の下から、叫ぶようにこう告げた。

「お前の、本当のおっ母さんなんだよ！」

「へあっ？」

「今まで言えずにいたけどね、お前が生まれたときお豪さんは妓楼の年季が残っていて、育てるに育てられなかったんだ。だから、子ができなかったアタシたちが引き取った。そのときは、一生会うことのない人だと思ってたよ。でもお父つぁんが倒れたときに、あちらから訪ねてきてくれた。お豪さんは立派に年季を勤め上げて、遠くからうちの様子を見守っていたんだよ。金だって、お前を大事に育ててくれた礼だと言って、気前よく貸してくれてね。『またなにか困ったことがあれば頼ってきな』って、笑ってた。そのうちにアタシもこんな、寝たきりの身になっちまって。せめてその言葉だけはと、お前に伝えておいたんだよ」

悲愴《ひそう》な告白を、清十郎はぽかんとして聞いていた。まるで知らない言葉で話しかけられたような、間抜けな面構《つらがま》えである。

やがて言葉がじわじわと、胸に染みてきたのだろう。整った顔が、ゆっくりと歪んでゆく。

「そんな、まさか。嘘だろう」

お松の肩から手を放し、清十郎は頭を抱えた。

着物の袖がまくれ上がり、肘まですっかり見えている。

左の前腕に、まだ新しいひっかき傷が残っていた。

五

自身番に引っ張られていった清十郎は、洗いざらいすべてを喋った。

まだ現《うつつ》を受け止めきれていないらしく、目は泳いでいたが、もはやごまかす気力もなかったようだ。お豪婆さんを殺したのは自分だと、間違いなくそう言った。

念のためほおずき長屋のおかみさんに面通しをさせてみると、お豪の部屋に出

入りしていたのはたしかにこの男だと請け合った。

「お豪とかいう婆さん」と、清十郎が口走った時点で、怪しいと睨んではいたのだ。幾馬はお豪の名を告げはしたが、年恰好を伝えはしなかった。

清十郎は、お豪を知らないことにしておきたかった。繋がりがあると分かればいずれ、ことが露見するかもしれぬと恐れたのだ。

「ええ、たしかにおっ母さんからは、いざというときにはお豪さんを頼りにするよう言われておりました。調べてみると、長谷川町の日銭貸しだった。きっとなにか、うちに恩義があるのだろう。ならちょっとくらい、金を貸してもらえると思いました」

弥平が調べてきたところによると、清十郎は、博打でかなりの借金を拵えていた。店の商品である骨董も、ずいぶん持ち出していたようだ。

そんなことを続けていれば、経営は当然傾く。困ったことになったと頭を悩ませていたときに、ふとお豪の名を思い出したのだろう。

「でもお豪婆さんは、難癖をつけてちっとも金を貸してくれなかった。俺が博打にはまり込んでいることもすぐ見抜いて、憎ったらしい顔で『一昨日来やがれ』と言うんです。たかが日銭貸しのくせにと、腹が立ちました」

それでも他に、金を貸してもらえそうなあてはない。清十郎はときに団子や大福といった手土産を持ってお豪を訪ね、必ず改心すると訴えた。

頑《かたく》なだったお豪もそのうち、情にほだされていったのだろう。博打をやめられるのであれば、貸してやってもいいと言いはじめた。

しかし清十郎は、はじめから博打をやめるつもりなどなかった。

「幾度か尋ねてゆくうちに、婆さんが行李から金を出し入れするのを見かけたんです。そうか、あすこに隠してあるのかと。だったらもう、頭を下げて頼むことはない。婆さんを黙らして奪っちまえばいいと、そう思っちまったんです」

夜も更けてから、清十郎はお豪の部屋の腰高障子をほとほとと叩いた。名を名乗り、博打仲間ときっぱり手を切ってきたと告げると、障子はするりと中から開いた。

赤の他人であれば、誰が来てもお豪は心張り棒を外さなかったかもしれない。だが相手はよりにもよって、清十郎だった。きっと我が子の更生に、手を貸してやりたかったのだろう。

「中に入ると婆さんは、本当に真人間になったのかと問うてきた。母親にすべてを明かし、以後博打はしませんと謝れるのかと。俺は『そんなことは御免だ』と

言って、婆さんの首を絞めたんだ」

　鳥ガラのような、細い首だった。途中婆さんが腕に爪を立てた気はしたが、無我夢中で絞め続けた。やがて婆さんが小便を洩らしながら気を失うと、その体を敷かれていた夜具の上に投げた。息があるかどうか、たしかめてみることもしなかった。

「そうまでしたのに、行李の中にたいした額は入っちゃいなかった。ちくしょう、この婆さん、言うほど金を持っていないじゃねぇか。後悔しても、後の祭りだ。俺は有り金を掴んで逃げました。婆さんを殺しちまったことよりも、今後の金の工面はどうすればいいんだと、頭の中はそれでいっぱいでした」

　そこまで語ると清十郎は、「ちくしょう！」と己の膝を殴りつけた。何度も何度も、痣《あざ》になりそうなほど殴った。

「まさかあの婆さんが、産みのおっ母さんだったなんて。なぜだ、なんで言ってくれなかったんだ。そうと知ってりゃあ、俺は――」

　知っていたら、どうなったのか。清十郎は親と子のよしみで、金を無心したのではないか。己の愚行を顧《かえり》みようともせずに、実の母親から、金をむしり取ることだけを考えていたかもしれない。

だがそれでは、清十郎のためにならない。母心があればこそ、お豪はなにも告げなかった。

いいや、違うか。そんな込み入った事情がなくとも、告げたかどうか。お豪は一人で生きてゆくと、決めた女だ。清十郎に「おっ母さん」と呼ばれることなど、望んでいなかったような気がする。

葛西屋のお松が言っていた。お豪に一度、なぜ育てられないと分かっていて子を産んだのかと聞いたことがあるそうだ。よっぽど惚れた男の子だったのかと。

お豪は笑いながら、こう答えた。

「父親なんざ、知るもんか。アタシには間夫《まぶ》もいなかったからね。そんなこたぁ、どうだっていい。ただ腹に子が宿ったと知ったとき、思ったんだ。この子の命は、この子のものだ。なにがなんでも、産んでやろうってね。そうすると力が湧いてきて、アタシはもうなにも怖くなかった。それだけで、充分だった」

なぜ言ってくれなかったとお豪を責める清十郎の正面に座したまま、幾馬は傍らの小者に目配せをする。その意図を汲み取って、小者は片隅に置いてあった市松人形を取ってくる。

さらに目配せをすると、小者はそれを清十郎の膝の上に置いた。

「なんです、これは。婆さんの部屋にあった人形じゃねぇか」

「抱いてみろ」

憔悴《しょうすい》しきった清十郎の顔に、不審の色が浮かぶ。それでも幾馬に言われたとおり、市松人形を抱き直した。

「その人形は、生まれたばかりのお前と同じ目方らしい。お豪が作らせたそうだ」

お豪は腹に宿った子から、生きるための力をもらった。そしてこの人形を、その証として傍に置き続けてきたのである。

今となっては、本当のところは分からない。だがお豪は決して、一人寂しく老いさらばえたわけではないのだ。

腕の中にある人形を、清十郎はどう解釈したものか。しばらく虚空を眺めていたが、やがて床に突っ伏して、子供のように泣きじゃくった。

長い一日だった。

さらなる詮議が必要と判断された清十郎を大番屋に送るなどして、八丁堀の役宅に帰りついたころにはとっぷりと日が暮れていた。

「お帰りなさいませ。すぐ夕餉《ゆうげ》の支度をしますね」と、出迎えたのは幾馬の母だ。脱いだ黒羽織を預けながら、「ああ」と頷く。

「颯馬《そうま》は？」

「寝支度に入っております」

よく磨かれた廊下を踏み、寝間へと向かう。襖を開けてみると、息子の颯馬が夜具の上にちょこんと座っていた。寝入ろうとしていたが、幾馬の足音を聞いて起きたものと見える。

「すまぬ、起こしたか」

「いいえ。父上、お帰りなさいませ」

親の贔屓目かもしれないが、聡明な子だ。妻はこの子を産んですぐ、肥立ちが悪くて命を落とした。その妻に似て、涼やかな眼差しをしている。

すでに九つ。この腕に抱いて重さをたしかめたいと思ったが、そこまで幼いわけではない。颯馬のほうでも、なにごとかと驚くだろう。

代わりに幾馬は膝を折り、息子の頭を撫でてやった。

「どうかいたしましたか？」

「いいや。ただ少し、お主の成長を喜びたくなった」

颯馬は不思議そうな顔をしながらも、大人しく頭を撫でられている。その様子が、いつもより愛おしくてならない。

この子もあと三、四年もすれば、見習いとして出仕することになる。同心は一年切り替えの抱え席とされているが、事実上は世襲だ。颯馬もいずれこの涼やかな瞳に、惨たらしい骸を映すことになる。幾馬とて持てるかぎりのものを授けるつもりではいるが、この子は立派に役目を果たせるようになるのだろうか。

外の風になど当てぬよう、真綿《まわた》に包んでおきたい気もするが――。そうもゆかぬのが、子というもの。親がしてやれることなど、そう多くはない。子は子なりに二本の足で、己の生を刻んでゆくのだ。

最後に滑《なめ》らかな頬を撫で、幾馬は立ち上がる。

「すまなかったな。もう寝なさい」

「はい。おやすみなさいませ、父上」

せめてこの子に、悪夢が訪れることのないように。そう願いつつ、襖を閉めた。

六

お豪婆さんが殺されてから、ひと月が過ぎた。

清十郎は死罪となり、葛西屋の財産も没収された。

遺された妻は姑《しゅうとめ》のお松を連れてしばらく実家に身を寄せていたが、二人で裏店に移り、一膳飯屋で働きはじめたという。お松もまた寝込んではいられないと、具合のいいときには繕い物の内職をしているそうだ。

「お豪さんには本当に、申し訳のないことを。アタシがもっと早く清十郎に、『あの人がおっ母さんだよ』と教えていれば、こんなことにはならなかっただろうに」

そう言って思い出したように泣く以外は、病も落ち着いている。お豪が大事にしていた市松人形は、お松に引き取られていった。

お豪の骸は、ほおずき長屋の住人たちの手で野辺《のべ》へと送られた。鼻摘まみ者の婆さんではあったが、あんな死にかたは可哀想だと、皆で葬式も出してやったという。そのあたりが貧しいながらも助け合いながら生きている、裏店の人情とい

うものであろう。

秋も深まり、耳元を吹く風にふと、物寂しさが感じられるようになった。それは凍える冬を目前にして、小さな命が死に絶える気配なのかもしれない。いずれ次の世代が萌え出ずるまで、静かに降り積もってゆく。

そんなとりとめのないことを考えながら、幾馬はいつものように受け持ちの自身番を巡っていた。

自身番の前に立ち「番人」と呼べば、中から「ハハーア！」と返事がある。続いて「町内に何事もないか」と聞き、変事がなければ「へぇ」と答えるのが習わしだ。

しかし長谷川町の自身番では、様子が違った。「番人」と声をかけると障子が開き、上がり框《がまち》にほおずき長屋の大家が顔を出した。

「いかがした」

「ハァ、実は客が来ておりまして」

「客？」

尋ねると、大家はちらりと背後の座敷を振り返った。ウウウウと、男のすすり泣く声が聞こえる。

「ええ。お豪婆さんに、ひと言礼を述べたかったそうで」

ならば、お豪の客である。もはやこの世の人ではないことを、知らずに訪ねてきたのだろうか。

お豪殺しの下手人はすでに捕まり、刑も終えた。八丁堀の同心として、してやれることはなにもない。だがお豪がその男になにをしてやったのかと、気になった。

自身番の中はまず三畳の座敷になっており、そこに大家や店番、書役などが詰めている。奥の障子の先は、板の間だ。壁にしょっ引いてきた者を繋ぐための鐶《かん》が取りつけられており、取り調べなどが行われる。

お豪の客は狭い座敷に突っ伏して、しくしくと泣いていた。

万筋の小袖に黒羽二重《くろはぶたえ》の羽織を合わせた、身なりのいい男である。歳は三十代半ばといったところか。

「そんなに泣いて、いかがした」

問われて男は、泣き腫らした顔を上げた。目も鼻も頰も赤く、額には畳の痕がついている。

「ああ、八丁堀の旦那様ですか。お見苦しいことで、すみません。私は四ツ谷《よつや》で小間物屋を営んでおります、茂兵衛《もへえ》と申します」

手拭いで涙を拭きながら、茂兵衛は深々と辞儀をした。

大の男が、人目もはばからずに泣く。お豪に、いったいどんな恩があるのだろう。

「実は私も四、五年前は、この界隈で担い売りをしておりました。ええ、小間物の行商です。行商箪笥《だんす》を背に負うて、家々を廻っていたわけです。なにが悪いのか品物は思うように売れず、しかもそのころ連れ合いが病を得まして、薬代がかさむようになっちまって。ただでさえ少ない上がりはあっという間に消え、仕入れもできぬ有様でした。そこで、お豪さんを頼ったんです」

そこまで話して、茂兵衛はずずずと洟《はな》を啜《すす》った。

お豪は日銭貸しでありながら、すんなりとは貸してくれぬ。茂兵衛は初会から、無事に金を借りることができたのだろうか。

「ええ、私もまずは、疑いの目を向けられました。というのもお豪さんは、博打うちと大酒呑みには金を貸さぬと決めていたからです。それでわざと怒らせて、相手を見極めるんですよ。だからお豪さんは担保や証文を取らなくても、めった

に損を被ることがなかったんです」

茂兵衛の語りから、吝嗇だの意地汚いだのと言われてきたお豪の、新たな一面が見えてきた。幾馬は黙って、先を促す。

「特に私のような、事情のある者には寛大でした。烏金で決められた利子がどうしても払えない日もありましたが、『返すつもりがあるなら構わない』と言って、新たに貸しつけてくれたりもしました。自分でも以前小間物屋をやっていたそうで、商いの下手な私に、どこでどういう物が売れるかと、手解《てほど》きまでしてくれました。お陰様で品物がよく売れるようになり、そのうち連れ合いも本復いたしまして、小さいながらも自分の店を持てるまでになったのです」

今では子にも恵まれて、茂兵衛は幸せに暮らしている。それは決して、己の力だけで摑んだ幸せではない。あのときもしお豪と出会えていなければ、夫婦共々、どうなっていたか分からないという。

「いつかあらためてお礼に来なければと思いつつ、雑事に取り紛れてすっかり遅くなってしまいました。今日はたまたま日本橋に用がありまして、ならばと少し足を延ばして、お豪さんの顔を見に寄ったんですが。まさか、亡くなっていたなんて。しかも、実の息子に殺されただなんて」

堪えていた涙が、小さな眼からぽろぽろと零れ落ちる。手拭いを顔に押し当てて、茂兵衛はまたも泣き伏した。

「お豪さんは、そんな死にかたをしていい人じゃなかった。皆悪く言うが本当は、強くてしなやかで、優しい人だったんです！」

茂兵衛はまだなにか言っていたが、慟哭《どうこく》に紛れて聞き取れなかった。

大家が気遣わしげに、その傍らに膝をつく。震える背中をさすってやりながら、神妙な面持ちでこう言った。

「実はね、この界隈の担い売りも言っているんです。お豪さんが亡くなってから、遣り繰りが難しくなっちまったって。実はあの婆さんに、助けられてたんだなぁって。やっとね、皆気づいたんですよ」


狭苦しい自身番の座敷を出ると、頭上には夕焼け空が広がっていた。

烏が鳴き交わしながら、寝床へ向けて飛んでゆく。刷毛《はけ》でさっと刷いたような雲が、郷愁の色に染まっていた。

日が暮れるのが、早くなったものである。

「けっきょくお豪ってのは、どういう女だったんでしょうね」

傍につき従う小者が、不思議そうに呟いた。

幾馬は空を見上げたまま、「さてな」と返す。

業突く張りで吝嗇で、気位が高く、美しく。子を思う一面もありながら、突き放す厳しさも持ち合わせた、強くて優しい、孤独な女。

お豪についてひと言で語る言葉など、持ち合わせてはいなかった。

だがそれが、人というものなのだろう。自分自身ですら、己を完全に理解することはできない。

誰しもがそんな、脆《もろ》くいい加減な存在だ。それゆえに、腹立たしくも愛おしい。

「そんなことより、急がねば」

しみじみとした気持ちを振り払い、幾馬は足元に視線を転じた。

仕事はまだ、終わっていない。自身番をあと数軒廻り、数寄屋橋に戻らなければ。片づけるべき書類が溜まっている。

しかしいくらも行かぬうちに、ある一点に目が吸い寄せられて、幾馬は足を止めた。ほおずき長屋へと続く、路地木戸だ。その傍らにまだ、素焼きの鉢が置かれていた。

茎も葉もすっかり枯れた、透かし鬼灯である。

赤く膨らんでいた袋は細い葉脈だけが残り、そうなってもなお真ん中の丸い実を、我が子のように包み込んでいた。

五郎治殿御始末

浅田次郎

曾祖父は明治元年の生まれであった。

その年の正月に鳥羽伏見《とばふしみ》の戦が始まり、あくる明治二年の五月が箱館《はこだて》五《ご》稜郭《りょうかく》の開城であるから、曾祖父は戊辰《ぼしん》戦争のただなかに生まれたことになる。

私の最も古い記憶は、その人の膝の感触である。すっぽりと体を包みこむ曾祖父の膝は、ここちよい椅子というより、まるで蓮《はす》の台《うてな》にあるような安らぎを感じさせた。

仮にその記憶を、私が物心ついた一九五五年とすれば、曾祖父は当時としては珍しい八十七歳の翁であった。その人が介添もなくしばしば上京しては、子や孫の家を訪ね歩いていたのだから、よほど矍鑠《かくしゃく》たるものであったのだろう。

曾祖父は私を「スケ」と呼んだ。曾孫に「助成《すけなり》」という武士の正名《せいめい》を勝手に付け、まこと勝手に「スケ」と呼び習わしていたのである。曾祖父がそう私を呼ぶたびに、祖母や母は、まるで犬か猫のようだと笑った。しかし、いくら周囲からたしなめられても、私を「スケ」と呼び続けたのだから、当人にしてみれば洒落《しゃれ》

でも座興でもない、大真面目な命名であったのかもしれぬ。

惜しむらくは顔に憶えがない。写真の一葉ぐらいは遺《のこ》っていてもよさそうなものだが、機会がなかったのか、あるいは昔の人らしく当人が忌み嫌ったのか、私とよく似ているという面《おも》ざしを偲《しの》ぶよすがはない。

さらに、その人生の伝承が何ひとつないのは、よほど無口な人物であったせいであろうか。もとは立派な武家の出であるということのほかには、先年物故した父も、曾祖父について知るところは何もなかった。

かくて私の記憶には、蓮台のように広く平安な膝の感触ばかりが残る。

ある日のこと、生家の奥座敷で曾祖父が栗の皮を剝《む》いていた。おそらくは手土産に提げてきた栗だったのであろう。

私がいつものように膝に入ろうとすると、曾祖父はふいに柔和な相を改めて叱った。刃物を使っているから抱くわけにはいかぬ、というようなことを言った。

私は仕方なく対《むか》いに座って、曾祖父が器用に操る肥後守《ひごのかみ》の刃先を見つめていた。

老眼鏡を傾《かし》げて栗を剝きながら、曾祖父はいちいち私の身じろぎを危ぶんだ。けっしてそばに近寄るなというようなことを、いくども言った。

どうして、と私は子供らしく執拗《しつよう》に訊ねた。昔の大人はさほど子供に神経質で

なかったせいもあるのだろうが、私には曾祖父の気配りが尋常とは思えなかった。

「わしはおまえの年頃に、いちど死に損なった」

いかめしい武士の声でそう言った。家族はみな華やかな江戸弁を使ったから、私は曾祖父の言葉づかいが田舎の訛《なま》りであると思いこんでいた。

どうして、とその先を訊ねたかどうかは記憶にない。もっとも訊ねたところで、寡黙な曾祖父が語るはずはなかった。

――わしはおまえの年頃に、いちど死に損なった。

もしそのとき、曾祖父が肥後守を操る手を休めて私を膝に招き入れ、おのれを語らざる武士の道徳をたったいちどだけ違《たが》えてくれたのなら、たぶん私は、こんな物語を幼い耳に聞き留めることができたのではあるまいか――。

＊

いやはや、つまらぬことを言ってしもうた。

死に損ねた話など、子供が聞いたところで面白うはないぞ。

しかし、どうしてと訊ねられて答えぬのでは、おまえも後生《ごしょう》が悪かろう。い

ささか軽率ではあったが、言いかけたことは言わねばなるまいよ。

ただし誰にも内証にしておけ。命のやりとりにかかわる話などをかわゆい曾孫《ひこ》に聞かせたとあっては、母様や婆様にわしが叱られるでな。

噛んで含めるよう上手には語れぬぞ。その昔は、そもそも子供あつかいをするということがなかった。

それでよいな。おまえがわかろうがわかるまいが、わしは勝手に話す。わかればよし、わからねばなおよし。他言無用という約束だけは守れ。

子供は怖い。わかっているのに、わからぬような顔をする。知るべきではないと思えば、見ぬふり聞かぬふり、わからぬふりをする。大人になるというのはの、そうした子供の本性から脱却することだ。今の世は、大人になれぬ大人が多すぎる。

おそらくおまえには、わしの話のすべてがわかるであろうよ。ならばなおさらのこと、この話は内証にしておけ。

明治の何年であったかは知らぬ。御一新からはしばらく経って、西郷征伐まではまだしばらく間のある、ともかく遠い昔の話だ。

わしはの、そのころわが身に起こっていたことのすべてを承知しておった。お

まえと同じ年頃の子供であったから、知っておっても知らぬ顔をしていただけだ。岩井の家は代々、桑名《くわな》藩十一万石松平越中守様の家来であった。百五十石取りといえば御家来衆のうちでも相当なもので、少くともおまえの父親よりは高給取りであったぞ。

家が栄えていたころの記憶は、おぼろに残っておる。父も母も姉も顔かたちは影絵でしかないが、屋敷には大勢の家族と郎党が住まっていた。訪ねてくる人も多く、家の内外は一年じゅう華やいでいたような気がする。その華やぎがある日ふいに、殺伐としたおどろおどろしい光にくるまれたかと思う間に、しんと静まってしまった。明治という時代がやってきたのだ。桑名は天皇陛下に弓を引いた賊名を蒙《こうむ》って、ひどい有様になってしまった。

父親は北越《ほくえつ》の戦で死んだ。恭順開城を潔しとせず、お殿様や同志の方々と越後の柏崎というところの飛地に向かい、どこかそのあたりの戦場で討死した。桑名の屋敷に詳しい事情は知らぬが、母親はわしの姉を連れて在所に戻った。桑名の屋敷に住まっておったのは、わしと祖父と、使用人の老夫婦だけであった。

たぶんこんなところであろうと思う。母は尾張《おわり》藩士の家から桑名の岩井家に嫁《か》した人で、父との間に一男一女を儲《もう》けた。しかし御一新の戦で尾張は薩長に伍《くみ》し

たゆえ、岩井の家と母の実家は敵味方となってしもうた。鳥羽伏見の戦に負けたあと、桑名の御家来衆は城を開いて恭順する者と、殿様に従うて戦い続ける者とに分かれた。岩井の家では、隠居の祖父が恭順して桑名に残り、父が城を捨てて戦うことになった。親子が諍《いさか》ったのではあるまい。天下がいずれに転んでも岩井の家が立ち行くよう、苦心したのであろうよ。

父は北越の戦場に向かうにあたり、敵の出自になる母を離縁したのであろう。あるいは尾張の在所が、賊に嫁した母を連れ戻したのかもしれぬ。かくて母は、幼い姉を伴うて尾張へと帰り、岩井家の惣領であるわしが祖父のもとに残った。真実を誰に聞いたわけでもないが、おおかたはそのようなところであろう。

尾張大納言様と桑名越中守様はご兄弟にあらせられた。もうお一方、会津《あいづ》中将様もな。

このお三方はみな、美濃《みの》の高須《たかす》松平家にお生まれになり、それぞれの御家門にご養子として迎えられたのだ。会津様と桑名様は佐幕、尾張様はいわゆる勤皇派に伍《ご》して、血を分けたご兄弟が干戈《かんか》をまじうることとなった。

わしの祖父は口癖のように言うた。貴《たつと》きお殿様方が骨肉あい食《は》む戦をするのであるから、おまえもおのれの宿命を呪《のろ》うてはならぬ、とな。

それにしても、越中守様はまこと気の毒なお方であった。御齢《おんとし》十三歳にして桑名十一万石に迎えられ、兄君の会津中将様に請《こ》われて京都所司代の大任をお受けなされたのは、算《かぞ》え十八歳のときであったという。

兄君は京都守護職として、弟君は京都所司代として、ともに火中の栗を拾わされてしもうた。長州の奴ばらからすれば、会津と桑名は憎んでも憎みきれぬ。

それでも徳川幕府が倒れたのち、志を同じうする奥州羽越《うえつ》の諸大名とともに戦うことのできた会津様は、まだしもましというものだ。勢州《せいしゅう》桑名は孤立無援だった。

桑名は領民のために、涙を呑んで恭順開城した。帰る城のなくなった越中守様は、江戸から北越柏崎の飛地に入り、明治の新政府に抗《あらが》うことになった。わしの父はその越中守様のもとに参じたわけだ。

わしが桑名の屋敷に生まれたのは、そうしたどさくさのさなかであったのだから、父や母を知るはずはない。物心ついたときには、荒れた屋敷の中に、わしと祖父と、忠義というよりいかにも逃げ遅れたような使用人の老夫婦がおるきりであった。

ともかく、御一新からしばらく経ち、西郷征伐まではまだしばらくの間がある、

遠い昔の話だ。ぶよぶよとして居場所も行方も定まらぬ、妙な日々であったな。

そのころわしの祖父はいくつであったのか、生年は知らぬから齢もわからぬ。おそらくは五十を少し出たほどであったと思うが、昔の人間はたいそう老けていた。もっとも、四十を過ぎれば倅《せがれ》に家督を譲って隠居するのが当たり前であった時代なのだから、五十は立派な老人であったろう。

父はいかにも精悍《せいかん》な桑名武士であったと聞いているが、祖父は武張ったものを少しも感じさせせぬ、すこぶる温厚な人柄であったと記憶している。御城での御役目も、勘定方か御納戸役《おなんどやく》のような事務方だったのであろう。

体は小柄で、武士としての見映えはせぬが、悧発《りはつ》な感じのする人であった。五十を過ぎたそのころは月代《さかやき》を当たる必要のないほど頭頂が禿《は》げ上がっており、裾《すそ》衣《ごろも》に残った白髪をうしろに束ねて、付け髷《まげ》の髻《たぶさ》をちょこんと載せておった。その小さな付け髷だけが黒々としておっての。いかにも見栄で載せたという様子が、たまらなくおかしかった。近在の子らなどは、物蔭に隠れて「付け髷じゃ、付け髷じゃ」と祖父を囃《はや》したてた。しかし祖父はそんな子らを叱るでも追うでもなく、付け髷を指先でおっ立てて見せては、かえって笑わせたりしておったよ。

明治四年の廃藩置県で、桑名藩は桑名県となり、あくる年には三重県に統合さ

れ、県庁は四日市に移ってしもうた。祖父は桑名のお役所に出仕しておったのだが、それをしおに御役御免となった。

お暇《いとま》を頂戴した日のことはよく覚えておる。下戸《げこ》であるはずの祖父が、その日に限ってまだ日の高いうちから、したたか酔うて屋敷に帰ってきたのだ。

御一新ののちも、大勢の旧藩士が桑名の御城にしがみついておった。はじめのうちは尾張藩や藤堂《とうどう》藩の侍が進駐しており、やがて薩長出身の官員がやってきた。桑名の上士であった祖父は、進駐軍や官員様から、旧藩士の整理を申し付けられていたのだと思う。

屋敷には夜昼かまわず、陳情にやってくる旧藩士が跡を絶たなかった。手をついて頼む者あり、今にも斬りかからんばかりに恫喝《どうかつ》する者あり、あるいは祖父の差配によって職を解かれた者が、「長州の狗《いぬ》め」と大声で呼ばわりながら、玄関に石を投げる騒ぎもあった。

祖父は人々の恨みを一身に買いながら、新政府から従前の御禄を貰うばかりで仕事のない旧藩士たちを馘首《かくしゅ》するという、辛い御役目を担っていたのだった。

首を馘《は》ねるというても、まさか刀で斬るわけではないぞ。すなわち、これ――クビじゃな。

今でも職場を辞めさせられることを「クビ」と言い習わすのは、武士が一斉に職を失うたあのころの流行語が、今日もなお生きているのであろうよ。潰しのきかぬ武士にとって禄を奪われることは、首を斬られるも同然であった。

旧藩における立場といい、その年齢といい、あるいは倅を御一新の犠牲にしたという事実からしても、辛い御役目を全うできる人物は、わしの祖父しかいなかったのであろうよ。

そう――名は五郎治《ごろうじ》というた。岩井五郎治が、おまえの五代前の爺の名だ。

したたかに酔うて帰ったあの日、五郎治は玄関の式台まで出迎えたわしの手をむんずと握って、よろめきながら屋敷の唐紙を何枚も突き破り、奥の書院に入った。

明治の初年というても、祖父は未だ二本差しであったからの、よもやいたずらが露見して手打ちにでもなるのではないかと、肝《きも》を冷やしたものであった。

低い弱陽《よろび》が荒れ庭から射し入る、冬の午下《ひるさが》りであったと思う。

祖父は書院の床の間に、これ見よがしに飾られていた父祖伝来の鎧《よろい》に向き合って座り、かたわらにわしを座らせた。

たしかこのような言葉をかわした。

「半之助《はんのすけ》。これより爺の申すこと、よく聞け」

「はい、何なりと」

「爺はきょう、御役御免と相成った。いよいよ御家中の旧禄下げ渡しが打ち切られたさかい、人を選んで禄を奪う爺の御役も、その必要はのうなった。わかるな」

「はい。わかりまする」

「ついては、旧藩士に対し、県庁より公債といくばくかの金子《きんす》が支払われるがの、わしは辞退いたした。いかに御役目とは申せ、数年にわたって多くの同輩を野に追いやり、長州の走狗と呼ばれ、あげくに銭金を懐《ふところ》に収めるわけには参らぬ」

「お金がなければ米が食えませぬ」

わしが口にした道理がよほど身に応えたらしく、祖父は乾いた唇を嚙みしめ、膝の上で両の拳をぐいと握りしめて俯《うつむ》いた。

「お爺《じい》様――」

「おまえは、母《かか》の在所へ行け。先方では何を今さら桑名者めがと申すであろうが、尾張のお爺様にしてもおまえは血を分けた孫じゃ。わしが手をついてお頼《たの》申せば、どうでも聞き届けて下さろう」

そのとき、わしは幼な心にもとっさに、二つのことを考えた。

ひとつは岩井の家の行く末だ。そしてもうひとつは、祖父のこれから先のことだ。正直をいえば、顔すら知らぬとはいえ、生みの母のもとに引き取られるのは嬉しかったが。

「お家はいかがなりますのか。惣領のわしがおらねば、岩井の家は――」

「重々考えた。岩井の家はしまいじゃ。初代久松定勝《ひさまつさだかつ》公より十八代の長きに続いた桑名松平家がしまいなのじゃさかい、御譜代《ごふだい》の岩井家がこのさき続かねばならぬいわれはあるまい」

「お爺様はいかがなされますのか。惣領のわしとともども、尾張のお爺様のお世話になることはできませぬのか」

「たわけたことを申すな」

と、祖父はようやく顔を上げ、家伝の鎧を振り仰いだ。

「藩祖定勝公は神君家康公の弟君にあらせられる。すなわち尾張から見れば桑名は叔父じゃ。しかも桑名藩兵は、葵の御家紋のもと、箱館まで戦い抜いた。おまえの父は北越の陣を先駆け、みごと越中守様のご馬前に討死いたした。義に戦うた叔父が、不義の甥の厄介になる道理はあるまい」

「ならばお爺様、わしも桑名の者として、尾張のお爺様の厄介になるわけには参りませぬ」

「生意気を申すな」

と、祖父はわしの頬を叩《はた》いた。

「物の理屈は前髪が取れてから申せ。ともあれ、きょうを限りに岩井の家はしまいじゃ。尾張の家に参ったなら、桑名衆であることは忘れやれ。岩井の家名も忘れやれ」

有難くもあり、また悲しくもあった。

わしはの、内心では祖父を侮《あなど》っておったのよ。父は戦うて死んだが、祖父は戦わずに降参したのだからな。そうした噂は、子供らの口を通じてわしの耳にも入っておった。父は立派な桑名武士だが、祖父は算盤《そろばん》勘定しか知らぬ腰抜けだと。

わしは、ようよう祖父の苦衷《くちゆう》がわかった。岩井の家を絶やしてはならぬとの一心で、祖父と父は袂《たもと》を分かったにちがいなかった。

しかし、岩井の家名も何も、主家の桑名藩が三重県になってしもうて、この世から武家そのものがのうなってしもうたのでは身も蓋もあるまい。

祖父が父と同じ桑名の侍であったことが嬉しかった。家名を絶やしても、わし

を生かそうとしてくれる真心が有難かった。そしてその嬉しさも有難さも、みな同じほど悲しいものであった。

桑名を去ったのは、それからどれほどののちであったろう。正月は母御のもとで祝えと祖父は言うておったから、年も押し迫った師走《しわす》であったと思う。

家財はことごとく売り払った。祖父の足元を見て、値切りに値切った道具屋の、姑息《こそく》な顔は今も忘られぬ。

乱世に大活躍をするのは商人《あきんど》だな。言われてみればおまえの父も、日本が戦に負けてから大儲けをした。むろん、それが悪いとは言わぬよ。あのときの道具屋の姑息な顔を思い起こせば、七十年ののちに孫が仇を取ってくれたような気がしないでもない。

祖父は重代《じゅうだい》の鎧も売った。腰の物は拝領刀の固山宗次《こやまむねつぐ》であったが、大刀は売り、さすがに脇差《わきざし》だけは残した。

粘り強く難事を務めおえた祖父のひきぎわは、潔いものであった。一切合財を売り払った金は菩提寺《ぼだいじ》に寄進し、あるいは寄辺《よるべ》ない旧藩士に分かち与え、使用人の老夫婦には使いやすいように新券紙幣を、当人たちが驚くほど過分に手渡した。

手元に残されたのは、わずかな路銀だったのではなかろうか。

道具屋たちが寄ってたかって家財を値切り倒し、荷車に積んで持ち去ってしまってから、祖父は書割《かきわり》のようになった座敷に座りこんで、こんなことを言った。

「これからは、万事が金の世になるのじゃろうな。金で買えぬものなど何ひとつない世の中になるのであろうよ。士魂が頽《すた》るれば、自然そういう世になる」

祖父は岩井の家を清算したのだと思う。だからそれにとものう代価も、持っていたくはなかったのであろう。

藩祖公の昔から、三百年も続いた岩井の家が突然なくなる。息子は死に、嫁は去り、同輩たちからは蛇蝎《だかつ》のごとく忌み嫌われて、父祖の地にとどまることすら許されず、ついにはただひとりの血縁である孫を、仇の家へと送る。

祖父はわずかの間に、七十の翁のように萎《な》えしぼんでしまっていた。

さて、いよいよわしが死に損なった話だ。今さら思い出したくもないが、毒を吐けばいくらか寿命が延びるかもしれぬ。

東海道を江戸へと下れば、桑名から熱田《あつた》までは七里の渡し。江戸からの伊勢詣でも、熱田の渡し場から舟に乗って、桑名の渡船場に建つお伊勢様の一の鳥居をくぐるのが、旅の定めのようなものであった。

初めての舟旅で、わしはひどく酔うてしもうた。以来、舟は苦手で、隅田川の遊覧船にすら乗ったためしがない。

舟は速い。たとえば桑名からその先の四日市までの陸路は三里八丁、半日をかけて歩き通さねばならぬが、桑名から熱田までの七里は、ものの三時間ばかりであったな。

酔うて反吐《へど》を吐くわしを、祖父はおろおろと介抱してくれた。背をさすったり、枕を探したり、あげくには舟足が遅いと船頭に食ってかかる有様であった。

くらくらとする頭の中でふと思うた。明日には他人の手に渡ってしまうわしが、なぜそれほど大切なのだろう、と。

舟端に寄って反吐を吐こうとすると、危ないからやめろと祖父は言った。そしてわしを舟べりに屈《かが》ませ、両の掌で反吐を受けてくれた。わしは舟板も汚すことなく、顔を海に突き出すでもなく、祖父の掌に反吐を吐いた。

「汚うござります」

「何の。襁褓《むつき》に比ぶればまだしもましじゃ」

祖父はそう言って笑った。わしはそのとき、祖父がわしの襁褓を替えていたことを、初めて知ったのだった。御城に上がっていた間は使用人が子守をしていた

のであろうが、赤児のころから祖父と添寝をしていたのだから、そういうことになろう。

この人はいったい誰なのだろうと思った。わしは父も母も知らぬ。よその家では父と母がなすべきことを、この人はすべて一身になしてくれた。わしはこの人に育ててもろうたのだった。

「お爺様《じじ》――」

わしは祖父にすがって泣いた。

「これこれ、武士の子が舟に酔うたぐらいで泣くではない。それほど苦しいか」

叱らずに労《いたわ》り続ける祖父の声が、祖父のやさしい掌が、いよいよわしを泣かせた。

「苦しうござります。泣くほど苦しうござります」

わしを手放したのち、祖父がどうなってしまうのかは、幼な心にもわかっておった。祖父に生きる理由は何もなくなるが、死する理由はいくらでもあるのだから。

わしは苦しうてならなかったよ。わかるか。苦しうて苦しうて、はらわたがちぎれるほど苦しうてならなかった。

武士道とは、恩顧に対し奉り、義を以て報いることであろう。

わしは、おのれを育て上げてくれた掌に、反吐を吐くことしかできなかったのだ。

わしが恩顧を蒙《こうむ》ったのは、主君ではなく、父母でもなかった。あらゆる理不尽の中で、わしひとりを宝として育て上げてくれた、祖父だけであった。その恩人に対し奉り、わしは義のかわりに反吐を吐いた。

この人は腹を切る。そしてその前に、仇なす尾張に土下座をして、孫の命を託す。わしが反吐を吐いたこの掌を、わが子同輩の仇の足元について、禿げた頭を土間に打ちつけ、なにとぞと冀《こいねが》うのであろう。

それだけはさせてはならぬと、わしは思うた。

「お爺様――」

わしは祖父の痩せた首にすがりつき、泣きながらようやく言うた。

「わしを、どこへなりとお連れになって下さりませ。二度と泣きはいたしませぬゆえ、お伴させて下さりませ」

とたんに祖父の指が、鷲摑《わしづか》みにわしの背を握りしめた。

「何を申すか」

わしの前髪を愛おしげに撫《な》でながら、祖父は宥《なだ》めるように言った。そのやさしさに怯《ひる》んではならなかった。

「親の仇に養われたくはありませぬ。もし尾張のお爺様がお許しになっても、わしは尾張を許しませぬ。尾張の賊の米を食らうのであれば、わしは飢えて死に申す。母上が泣いて止めなっても、わしは桑名の衆ゆえ、飢え死んで父上のもとに参ります。道理でござりましょう」

祖父はわしの小さな肩に顔をうずめ、何も答えず、ただ半之助というわしの名を、何十ぺんも呼んだ。

「よう言うた」

すっかり舟酔いも覚めてしもうたわしの顔を引き起こし、祖父は一言だけそう言った。

あのときの祖父の、仏のような半眼は忘られぬよ。いかにも一切の苦厄から救われたような、いいお顔であった。

こうして、岩井の血を享《う》けたわしらの、選ぶべき道は決まった。

熱田湊《みなと》の宮宿《みやのしゆく》は名古屋の御城下から二里の南、東海道五十三次で最も旅籠《はたご》

の多い宿場であった。

生まれてこのかた桑名の御城下を出たためしのなかったわしの目には、その宿場の賑々《にぎにぎ》しさが怖いほどであったよ。歩きながら、ずっと祖父の道中羽織の袖を握ったままであった。

菅笠《すげがさ》の庇《ひさし》を上げて宿場を見渡し、「すっかりさびれてしもうたの」と、祖父は言った。わしにはとうていそうは見えなかったのだが、御一新前の宮宿は、比ぶるべくもない賑わいであったという。

つまり、わしがその宮宿を見て驚くほど、生まれ育った桑名の町はさらにうらさびれてしまっていた、ということだ。

言われてみれば、宿場筋には戸を閉《た》てきった仕舞屋《しもたや》が目についた。問屋場の前では、駕籠《かご》舁きや人足が、ぼんやりと煙管《きせる》をくわえていた。

冬の陽が西に傾《かし》ぐ夕昏《ゆうぐれ》であったと思う。はて、桑名を立ったのは朝であったはずだから、なぜそれほど時間がたっていたのかはわからぬが、ともかく祖父とわしの影が路上に長く延びていた。

国を捨てるにあたって、挨拶回りでもしていたのか、あるいは波が高いか潮が悪かったかで、舟出を待たされたのかもしれぬ。

旅籠の前には人が出て、さかんに客を呼びこんでおり、中には子供連れであることもお構いなしに、祖父に媚《こび》を売る飯盛女《めしもり》もいた。そうした夕昏どきの様子が、さびれた宿場につかのまの賑わいをもたらしていたのであろう。

菅笠に顔を隠すようにして、祖父は歩き続けた。やがて舟から下りた旅人たちは、それぞれ旅籠の門口へと消えて行き、宿場はずれまできたころには、すっかり人影も絶えてしまった。

次の鳴海《なるみ》宿まで伸《の》せば日は昏れてしまう。祖父は死場所を探しているのだなと、わしは思った。

たそがれて影も踏めなくなったころ、祖父はようやく、羽織の袖を摑んでいたわしの手を引いてくれた。

「寒うはないか」

寒くない、とわしは答えた。実は麻袴の中の足腰がびりびりと痛むほど、寒くてならなかった。腹もへっており、喉もひりつくほど渇いていた。

「今生のなごりに、宮宿に泊って旨い飯でも食わせてやろうと思うていたのじゃが、それもかえって未練になろう。まして宮宿には見知った顔も多い」

おそらく祖父は、死に至る足跡を残したくなかったのであろうよ。

人心地がついて決心を翻《ひるがえ》すようなことはまさかなかったろうが、どうせならば畳の上で往生したいと思うのは人情であろう。よしんばその晩は思いとどまって、あくる日にどこかで死んだとしても、今生の宿を貸した旅籠は、調べもされるであろうし噂もたてられよう。他人にそうした迷惑をかけてはならぬと、祖父は考えたにちがいない。

「ならば、今いちど桑名に戻って――」

というようなことを、わしは提案したように思う。しかし祖父は、「それはならぬ」と無下《むげ》に言うた。

おまえもふしぎに思うであろう。わしもそのとき、なぜ生まれた場所で死んではならぬのだろうと思った。

「旅というものはの、けっして後戻りしてはならぬ。死出の旅とて、それは同じじゃ」

そのときは得心ゆかなかったが、この齢まで生きて、ようようわかった。回り道も足止めも旅のうちだが、後戻りしてはならぬ。それは旅とはいえぬ。

わしはそのとき、とても悲しい気持ちになったよ。祖父が死場所を探しあぐねているということが、はっきりとわかってしまったからだ。岩井の家の血を最後

に享け継いだわしらは、そのとき天下に身の置き場がなくなってしもうていた。今も町を歩けば大勢の浮浪者に行き合うがの、あれはさほど悲しくはない。土管や地下道に寝起きしておっても、ちゃんと身の置き場があるではないか。生きる場所を探す者は不幸ではない。まこと救いがたい者は、死場所を探している。東海道と名古屋道を分かつ標石《しるべいし》の前に立ったのは、とっぷりと日の昏れたころであった。

その場所は、文字通り生と死の岐路であった。思えばかつてわしの父は、その岐《わか》れ道を右に辿《たど》って死地に赴き、母と姉は左に折れて尾張の在所へと向こうたのだ。

「半之助。今いちど訊く」

標石の前に屈みこんで、祖父は真白な息とともに言うた。みなまで言わせずに、わしは答えた。

「お爺様とともに参りまする」

その先は、祖父の手をわしが引いた。熱田湊で舟を下りてから、祖父はずっと逡巡《しゅんじゅん》し続け、歩くほどに活力を喪《うしの》うてゆくのがわかっていた。だからこれから先の道は、わしが引いて行くしかないと思うたのだ。

祖父の体は、風に弄《もてあそば》れる紙のように軽かった。よろめきつまずきながら、わしの力に任せて祖父は歩んだ。

月かげが老松の並木の影を切り落とす東海道を、祖父は泣き泣き歩いた。歩きながらわしの父の名を呼び、母の名を呼び、姉の名を呼び、先立たれた祖母の名を呼んだ。それから、わしの知らぬ人の名を、いくつも呼び続けた。

わしは、怖くはなかった。もし祖父がしゃんとしていて、わしの手を引いていたのなら、むしろ怖れもしたであろう。だが、ぐずぐずになってしまった祖父の手を握って歩き出したとたんから、死の恐怖はのうなってしまった。

のちに思えば、あのときはよいことを学んだものよ。いかな覚悟の戦でも、先駆ける者はさほど怖い思いはせぬ。怖いのは後に続く者だ。怖いと思うたらけっして尻ごみをしてはならぬ。人に先んじて死に向き合えば、怖い思いをしなくてすむ。そして生きるか死ぬかは、人間が決めることではない。

冬の満月の、かんと冴えた晩であった。わしはしらじらと続く街道から、立ち枯れた芒《すすき》の原に祖父を引きこんだ。

「お爺様、このあたりでようござります」

わしらは向き合って座った。祖父は菅笠をはずして、しばらくじいっと、わし

を見つめていた。次第に、老いた顔から悲しみのいろが消えてゆくのがわかった。未練の嵐をくぐり抜けて、祖父はようやく覚悟を決めたのだった。

「気丈なやつめ」

乾いた唇をいくらか綻《ほころ》ばせて、祖父は呟いた。

わしがとりわけ気丈な子であったわけではあるまい。人生を知らぬ分だけ、執着がなかったというだけであろうよ。

改めて言うておくがの、そのときのわしらには、武士道も大義もなかった。ただただ追い詰められ、死ぬほかはなかっただけだ。自から命を絶つような理由が、ほかにあるものか。

祖父は道中羽織を脱いで、わしの背に着せてくれた。

「お爺様、髷が――」

菅笠を脱いだとたんに、祖父の付け髷がうしろにずり落ちていての。わしは腰を伸ばして、それを月代《さかやき》の上に載せてさし上げた。

多くのお仲間たちと同様に断髪すれば、付け髷など必要はもうなかろうに、祖父はおかしみの上におかしみを重ねるようにして、黒く小さな付け髷を頭に載せていたのであった。

それからは、何も言葉をかわさなかったと思う。

やがて祖父は、大刀を売り払って後家《ごけ》になった固山宗次の脇差を抜いた。刀というものは、同銘の大小が揃えば値打物だからの。大刀だけを売って脇差を残していたということはつまり、はなから祖父はその脇差で死ぬつもりであったのだろう。

わしの肩を抱き寄せ、震える切先《きっさき》を咽元《のどもと》に当てたまま祖父は言うた。

「爺も、じきに参るでの。先を急がずに待っておれ。よいな」

胸前で掌を合わせると、体中から力が抜けてしもうた。自然と、眠るように頭がうしろに倒れ、頸《くび》があらわになった。わしは薄目をあけて、立ち騒ぐ芒の穂にかかる満月を見ていた。

背を支える祖父の左手に力がこもった。

そのとき、わしはまぼろしのような甲高い声を聴いたのだ。

「待って頂戴すばせ、何をしやぁすばす」

足音が乱れて、祖父の体がわしから引き剝がされた。わしは支えを失うて、あおのけに倒れた。いったい何が起きたものか、とっさにはわからなかった。ただわしは、激しく祖父を叱りつける男の声に妙な懐かしさを感じた。それは、母の

言葉のはしばしに残っていたのと同じ、名古屋の訛りであった。

「だちかんぜえも、岩井様」

揉み合いながらふいに名を呼ばれて、祖父は抗うことをやめた。

着物の尻を端折《はしょ》った屈強な二人の若者が、祖父の体を抱き止めており、主人らしい年配の男が、闇の中から「尾張屋」と書かれた提灯《ちょうちん》をつき出していた。

「いったい何ごとでござえますぃも。標石のとこで声をおかけ申しましたに、まるで聞こえんふりで行ってまやぁたもんで、もしやと思って」

祖父の手から脇差をむしり取り、呆《ほう》けた背を揺すりながら男は一喝した。

「ええいっ、しっかりしやぁすばせ。尾張屋の忠兵衛《ちゅうべえ》でござりますぃも」

「捨て置け」と、祖父は真白な息をようやく声にした。

「いんね、見知らぬお方ならともかく、あなた様と知って放っとけんわなも」

それから、尾張屋忠兵衛と名乗る恰幅《かっぷく》のよい老人は、まるで泣く子をあやすように、粘り強く祖父を悟し始めた。

わしはその様子を、夢見心地でぼんやりと眺めておったよ。

尾張屋は標石のあたりで声をかけたと言うたが、わしにはまったく憶えがなかった。わしらの様子があまりにも尋常でなかったから、実は声をかけそびれたの

かもしれぬ。いや、やはり死に向き合うたわしらの耳には、すでに現世の声が聴こえなかったのであろう。

ともかく尾張屋は、標石からいくらも行かぬうちに、芒原に歩みこんだわしらを見て、あわてて後を追ったにちがいない。

尾張屋は半合羽《がっぱ》に羅紗《らしゃ》の衿巻を巻いており、手代らしい二人の若者は縞の着物に手甲脚半《てっこうきゃはん》をつけた、いずれも旅姿であった。一息入れて笠を脱ぐと、それぞれが油で撫でつけた揃いの断髪であったな。

「これはなも、おそらく熱田の御剣のご加護ですわえも。所用で名古屋の御城下まで参りましてえも、今晩は泊りのつもりでおりましたものが、月夜の二里ばかりなら宮宿まで帰ってしまおうと思い立ったんですわえも」

尾張屋はふくよかな笑顔を取り戻して言うた。

草薙《くさなぎ》の御剣のご加護であったかどうかはともかく、虫の報《しら》せというものはままあることだ。あるいは、人知の及ばざる運命とでも言うべきかの。

尾張屋は気を鎮めるように煙草を一服つけ、吸口を袖で拭って煙管《きせる》を祖父に回した。そのさりげないしぐさが、いかにも旧知の仲を感じさせた。

宮宿で旅籠を営んでいる尾張屋は、しばしば桑名の屋敷を訪ねてきたことがあ

る。春には守口《もりぐち》漬を、夏には渡蟹《わたりがに》を、秋には鯔饅頭《いなまんじゅう》を、また冬には沙魚《はぜ》の白焼や干《ひ》鰈《がれい》やらを持って挨拶にきてくれたものであった。

　なぜ尾張屋がそのように丁重な訪問を続けていたかというとな、祖父が参勤道中の折に御先触役《おさきぶれやく》を務めていたからなのだ。その御役目は、大名行列に先行して家臣たちの宿割をする。すなわちお殿様の宿となる本陣は決まっているが、家来がそれぞれどこの旅籠に泊るかは、御先触役たる祖父の裁量に任されていたのだ。

　しかし考えてもみれば、越中守様が京都所司代の大任につかれてからは、江戸への参勤などなかったはずで、いわれなき贈物を受け取る祖父も、さぞ心苦しかったにちがいない。

「何はともあれ、今夜は手前どもの宿においでぁすばせ。さしでがましうはござりまするが、お力添えをさせていただきますわえも」

　祖父はがっくりと肩を落としたまま、細い声で言った。

「ごらんの通りの死出の旅ゆえ、世話になるだけの満足な銭も持たぬ」

　すると尾張屋は、ぶ厚い唇をさもおかしげに開いて笑った。

「何を言やぁすばす。岩井様には親の代からお世話になり通しでござります。銭金のことなどお気にしやぁすばすな」

言うが早いか、尾張屋は祖父を扶《たす》け起こして歩き出した。わしは手代に背負われた。死の間際から引き戻され、すっかり腰が抜けてしもうていた。そこから宮宿に戻った記憶が何もないのは、おそらく気を喪《うしの》うてしまったのであろう。

目が覚めたのは、格《ごう》天井に立派な付《つけ》書院と平床がある、尾張屋の奥座敷であった。

四方にはあかあかと百目蠟燭《ろうそく》が灯もっており、唐紙の前に立てられた金屛風の照り返しで、座敷は昼のように明るかった。

祖父は背を丸めて上座に座り、火鉢に手を焙《あぶ》っていた。わしはそのかたわらで、座蒲団を枕にし、搔巻《かいまき》にくるまれて寝ておったのだ。ここは極楽浄土かな、と思うたほどの、美しく清らかな座敷であった。

わしは目覚めてからもしばらくの間、じっと寝たふりをしておった。どのような顔で起き上がってよいものか、わからなかったからだ。

薄目を開けて見ると、火鉢の向こう前に忠兵衛が太り肉《じし》の体をでんと据えてかしこまっており、そこから少し下がって、尾張屋の跡取り息子がかしこまっていた。こちらは父の忠兵衛とは違って、小柄で如才ない笑顔の人であった。桑名の

屋敷を訪れるときには必ず忠兵衛と一緒であったので、わしもその顔には憶えがあった。

　忠兵衛の偉いところは、その倅の物腰からも知ることができた。ふつう商家の跡取りは、蝶よ花よと育てられるから、ひとめでそうとわかる白面《はくめん》なのだが、その倅はちがった。桑名で挨拶回りをするときも、届け物の入った荷箱を背中にくくりつけており、父をさしおいて口をきいたり、何かをするということがけっしてなく、誰からどう見ても叩き上げの手代であった。何でも幼いころから上方の両替商に丁稚《でっち》奉公に出され、店先の掃除から草履の上げ下げから叩きこまれたのだそうだ。だから親元に戻っても、跡取り面などはせず、ほかの使用人たちと同様にかいがいしく働いていた。

　そういう修業に甘んじている倅も偉いが、親の忠兵衛はなお偉い。

　火鉢ごしに燗酒《かんざけ》を勧めながら、忠兵衛はずっと祖父を説諭し続けておったよ。

「あなた様のような立派なお侍様に、手前のような齢も下の商人《あきんど》ふぜいが物を申し上げるご無礼は重々承知いたしております。もし我慢ならぬと思われましたのなら、どうぞそのお腰物にて成敗して頂戴すばせ。この忠兵衛、うらさびれた旅籠の亭主ではございますが、尾張屋の暖簾《のれん》には命も体も張っておりますゥも。

お客人の手にかかって死ぬるのなら、冥利につきるというものでございます。ただし――」

忠兵衛は肥えた腰を捻じって、倅を振り返った。

「ただし、これなる倅には構やぁすばさぬよう。ご無礼は手前ひとりの罪ゆえ、倅にはいっさいかかわりはござりません。倅は一人息子にて、未だ嫁も貰ってはおりませぬ。これまでお手打ちと相成っては、尾張屋の暖簾が絶えてしまいまするで」

微笑をたたえながら、忠兵衛が相当に肚《はら》をくっているのは、その顔色からもよくわかった。迷いのない声音にも、胆力が充ち満ちていた。

「岩井様のご災難は、噂にも聞いておりまする。あなた様ほどのお侍ならば、お務めをなしおえた今、お腹を召されるのもまた立派なご見識と拝察いたしまする。しかしえも、岩井様。このように年端もゆかぬお子様を、何《なん》ぜ冥土へお連れなさるのか。手前にはまったくわかりませぬ」

わしはいよいよ目覚めることができなくなった。狸寝入りを決めこんで、睫毛《まつげ》のすきまからじっと、忠兵衛のまんまるな顔を窺《うかご》うておったよ。

「町人ふぜいが、知ったようなことをぬかすでない」

祖父は飲めぬ酒を呷《あお》った。

「はい。ですからご無礼は承知の上で申し上げております。手前がお侍ならば何も言えませぬ。町人ふぜいだでこそ、立ち入った説教もできるというものでございまする」

祖父の溜息が聞こえた。いかにも明治の世を果無《はかな》むような溜息であったな。

「もはや、武士も町人もない、というわけか。いやはや、いやな世の中になってしもうたものじゃ」

とたんに、忠兵衛がかたわらの膳をひっくり返した。倅はアッと叫んで腰を浮かせ、さすがにわしも搔巻からはね起きた。

「人の命の重さに、もともと武士も町人もあれせんぜえも。たとえ徳川様の御世であっても、この忠兵衛は同じ説教を申しまする。そんだでえも、話のかかりに無礼打ちもけっこうだと申し上げましたわなも」

忠兵衛の突然の剣幕に、祖父は脇差の柄《つか》を握った。

「無礼者、容赦せぬぞ」

「ああ、存分にして頂戴すばせ。手前やあなた様のような年寄りなど、生きておっても死んでしまっても、大した違いはあれせんわなも。だが、倅や孫は殺して

はなりませぬ。若い者はいまだ、世の務めをなしおえてはおりませぬ」

祖父の怒りを受け止めるように、忠兵衛は肥えた体をぐいとつき出した。

「それとも岩井様は、お侍は人間ではないと申されまするか」

「侍は侍じゃ。世の中がどう変わろうと、武士は武士じゃ」

「いんや、そうではない。侍とて人間でござりましょう。人間ならば、いかな事情があろうと、血をつなぐ子や孫をわが手にかけてはなりませぬ。それが士道なりと言やぁすばすのなら、武士など人間ではない獣でござりまするぞ」

道理を言われて抗えぬ祖父は、言わでものことを苦しまぎれに言うた。

「おのれ、折々の付け届けで、義理を売ったつもりでおりくさるのか」

忠兵衛の顔色が変わった。腰を伸ばして祖父の胸倉を摑むや、忠兵衛は祖父の顔に火の出るような拳固《げんこ》をいくつも見舞った。

「付け届けは賄《まいない》などではねぁ。わしが食ってうまいものを、わしが敬っているお人に食っていただこうずと思ったんだわなも。礼儀でも義理かけでもねぁわえも。あなた様はそのような不浄なお気持ちで、わしの真心を食らいなさったのか。お侍とは、それほどに下衆《げす》であったのきやぁも」

たぶん祖父にはわかっていたのだろう。子供のわしですら、付け届けの何たる

かはおぼろげにわかっておったのだからの。

桑名の参勤道中がのうなってからも、尾張屋は漬物や蟹や魚を持って、屋敷を訪ねてくれていた。それが商売ではないのは明らかではないか。

「今ひとつ、尾張屋はその名のごとく尾張の商人として、越中守様はじめ桑名の御家中の皆々様に、申しわけなく思いましたんだわなも。尾張大納言様は徳川に弓を引いたが、桑名様は楯となられた。せめて尾張屋の看板にて、桑名の皆様に頭を下げておりました。この尾張屋忠兵衛は武士ではないが、人間でござります。男でござります。どうかあなた様も、人間ならば男ならば、血を分けた孫を手にかけるようなご無体はなされまするな。この忠兵衛が心より頭を下げる桑名武士らしく、人の道を選んで頂戴すばせ」

忠兵衛は言うだけのことを言ってしまうと、祖父の衿から手を離し、「どうぞご存分に」と首をさし向けた。

のちのち思い出しても感心するのは、その悶着の間じゅう、尾張屋の倅がべつだんあわてるふうもなく、中に割って入るでもなく、座敷の隅で一部始終をじいっと見つめておったことだ。肝の据わっているばかりか、父のなすことはすべて正義だと信じていたからであろう。

祖父は身を起こすと、うなだれる忠兵衛に向かって両手をついた。矜《ほこ》り高い桑名の上士であった祖父が、他人に平伏する姿をわしは初めて見た。

「かたじけのうござる。この禿頭に免じて、ご無礼の数々、平にお許し下され。そこもとの真心、この岩井五郎治、よおくわかり申した。拙者がまちごうており申した」

それから長いこと、二人の老人は頭をすり合わせるようにして、人形のようにじっと動かずにいた。

わしは命を拾うた。

なに、それからのことか。死に損なった話はこれでしまいだ。続きなどどうでもよかろう。

たとえ血を分けた子や孫にも身の上話など語るべきではない。人にはそれぞれの苦労があり、誰に語ったところでわかってもらえるものではないからの。

それにな、苦労は忘れてゆかねばならぬ。頭が忘れ、体が覚えておればよい。

苦労人とは、そういう人のことだよ。

語ればいつまでも忘られぬ。語らねば忘れてしまう。だからおのれのために、

つまらぬ苦労話をしてはならぬ。

そうだ。おまえが気にかかってならぬそれからの話ならば、爺様の後日譚を語ろう。それならば愚痴《ぐち》にはなるまいでの。

岩井五郎治。おまえの父の父の、そのまた父であるわしの、さらなる父の父の話だ。ちょうどこの五本の指。五代前の爺様が、それからどうなったか。

わしはの、あれから侍であることを忘れて、尾張屋に奉公をした。学校にも行かせてもろうた。

祖父はあの晩から何日か尾張屋の厄介になっておったが、わしが尾張屋の倅と熱田湊に釣りに出かけておる間に、どこかへ行ってしもうた。

のちに思えば、わしと祖父に改った別れをさせるのは忍びないという、忠兵衛の親心だったのであろうよ。おかげでわしは、泣かずにすんだ。

わしのことはどうでもよい。五郎治のその後であったな。

あれは明治十年の西郷征伐の年であった。

真夏の陽が、いっそううらさびれた宮宿の路上を灼く、それはそれは暑い日のことであったよ。立ち昇る陽炎《かげろう》の中を、騎馬の将校がやってきた。当番兵を口取りに従えた、若い陸軍少佐であった。

青い軍服の肩から湯気が立っておるのに、将校は詰衿をきちんと留め、のみならず軍帽の顎紐まできりりと締めていた。兵隊さんは大変だなあと、子供心にも思ったものだ。

「主人は在宅か」

と、将校は門口に佇《たたず》むわしに訊ねた。肯《うなず》くわしの顔をしばらく見つめ、ひらりと馬から下りると、将校は再び訊いた。

「君が、岩井半之助君かね」

はい、と背を伸ばして答えた。祖父の知り合いだなと、わしは直感した。将校がわしの表情の中に、祖父のおもかげを認めたように思えたからであった。

「そうか。主人に取り次いでくれ」

差し出された名刺を持って、わしは奥に走った。名刺には、名古屋鎮台《ちんだい》の歩兵大隊長とあった。

突然の来訪に店の中は騒ぎとなり、やがて将校は店の者たちが一列になってひれ伏す廊下を歩んで、奥座敷に向かった。じきに尾張屋の倅がわしを呼んだ。

「気をしっかり持ってな。取り乱しやぁすなよ」

そのころには背広姿も様になっていた尾張屋の倅は、わしの肩を抱いて励まし

てくれた。いかにも人あたりのよい、また気配りの行き届いた人であったよ。

呼び入れられたのは、命を拾った晩に目覚めた、あの奥座敷であった。

床の間を背にして将校が座り、忠兵衛が向き合うていた。ところがわしの顔を見るなり、将校は妙なことを言うた。

「こちらにお座りなさい。本日に限っては、君が上座だ」

将校は立ち上がって下座に移り、そのうしろに忠兵衛が下がった。倅はためろうわしを、上座の座蒲団に座らせた。

それから将校は、わしに向かってていねいに頭を下げた。忠兵衛も倅もそれに倣《なら》った。わしは応えることも忘れて、将校の脇に置かれた軍帽とサーベルを、ぼんやりと見つめておった。

いったい何が起きたのか、皆目見当もつかなかった。

頭を上げると、将校は革の公用鞄を開け、白絹の袱紗《ふくさ》を取り出して拡げた。そして何やら目の高さに書状を開き、朗々と読み上げたのであった。

「戦死公報――」

わしは胸を鷲摑みにされた気持ちになった。続きを耳にするまでもなく、ほんの一瞬ですべてがわかったのだ。

「別働第二旅団付属警視隊、非職第二等警部岩井五郎治殿は、明治十年六月十三日鹿児島県飯野《いいの》付近の戦闘に於て、小隊の先頭を先駆けて衆余の賊兵と白兵戦に及び、敢闘数刻ついに戦死を遂ぐ。以上、同人の身上書に基き、御遺族岩井半之助殿に御通知申し上ぐ。大警視川路《かわじ》利良《としよし》」

将校は書状をわしの膝元に置き、やや目を伏せて言った。

「非公式のご連絡を――」

悄然《しょうぜん》として答えることもできぬわしにかわって、忠兵衛が「お願いいたします」と声をかけた。

「こたびの戦では、旧桑名藩主松平定敬《さだあき》公も、朝旨《ちょうじ》に従い旧藩士三百五十余名とともに、御出陣になられました。君のお爺《じじ》様は鳥羽伏見以来の仇をお討ちになったばかりか、桑名武士として、みごと越中守様のご馬前にて、お果てになられました。口頭にてお伝えするほかはありませんが、ご報告申し上げます」

ふいに、わしの背を支えていた尾張屋の倅が、わっと声をあげてその場に泣き伏した。

わしは庭先の蟬の声を聞きながら、黙りこくっておったよ。悲しむべきか、喜ぶべきかわからずに、ただ魂が天に飛んでしもうていた。

忠兵衛が畳に両手をついたまま嗄《しわが》れた声を絞った。

「あなた様も、桑名のご出身でござりますかなも」

将校はわしを見つめていた目を伏せて、静かな声で答えた。

「本官は、帝国陸軍の将校であります。出自を語る立場ではありません」

たしかにおのれのことは何ひとつ語ろうとはしなかったが、わしはその将校に、頑《かたく》なだが潔い桑名衆の匂いを嗅いだ。

倅はあたりも憚《はばか》らずに声を上げて泣き、忠兵衛は畳に打ち伏して泣いておった。しかし、わしは嘆いてはならなかった。祖父はようよう死処を得たのだから、欣《よろこ》びこそすれ嘆いてはならぬとおのれに言い聞かせ、ぐいと奥歯を嚙みしめておった。

「ご遺品を、預っております。お納め下さい」

将校は軍服の懐《ふところ》深くに手を差し入れ、肌身はなさず持っていたにちがいない油紙の包みを、書状に重ね置いた。

これで、将校が祖父とともに戦場を駆けたことは、明らかになったようなものだった。

「お改め下さい、半之助君」

わしを鼓舞するように、将校は少し笑った。

「みなさまもご覧下さい。これが岩井五郎治殿の御始末です」

おそるおそる、油紙を開いた。

そこに見たものが何であるか、おまえにはわかるか。考えてみよ。五郎治は末《まつ》期《ご》の力をふりしぼって、それをわしの元に届けてくれと、将校に頼んだにちがいなかった。本人の意思でなければ、そのようなものを遺品とするはずはないからの。

そう。それは、祖父の禿頭にいつもちょこんと載っていた、あの笑いぐさの付け髷であった。

わしは思わず噴き出し、そして、笑いながら泣いた。将校も忠兵衛も倅も、みな笑いながら泣いた。

「なぜ、岩井様はこのようなものを」

泣き笑いをくり返しながら、忠兵衛はようやく訊ねた。

「わかりませぬ。是非にと頼まれれば、たとえ付け髷でもいやとは言えますまい」

わしにはわかったよ。あの爺様はの、みなに笑うてほしかったのだ。嘆きをこ

とごとく、笑い声で被《おお》ってほしかったのだ。

そしてもうひとつ――侍の理屈は、一筋の付け髷に如かぬと、わしに悟《し》らしてくれたのであろうよ。侍の時代など忘れて、新しき世を生きよ、とな。

わしと別れてからの数年を、祖父はどこでどのように過ごしておったのであろうと、今も思う。わしと、わしの後に続く岩井の子らのために、おのれができることをずっと考え続けていたのであろう。

明治十年の死に至るまで、祖父は禿頭を裾衣《すそごろも》に結い、付け髷を付け続けていたことになる。だとすると、腰にはあの宗次の脇差を差していたはずだが、その名刀をあえてわしに遺そうとはしなかった。いっとき孫の命を奪いかけた刀などよりも、付け髷のほうがよほど意味深いものであると信じたからであろう。

五郎治は始末屋であった。藩の始末をし、家の始末をし、最も苦慮したわしの始末もどうにか果たし、ついにはこのうえ望むべくもない形で、おのれの身の始末もした。

男の始末とは、そういうものでなければならぬ。けっして逃げず、後戻りもせず、能《あと》う限りの最善の方法で、すべての始末をつけねばならぬ。

あの人のような始末は、誰にも真似はできぬであろうがの。

考えてもみよ。西南の役に斃《たお》れた祖父は、あの西郷どんと刺し違えたようなものではないか。それは手前勝手な遺恨などではあるまいぞ。岩井五郎治は最後の武士の一命をもって、千年の武士の時代と刺し違えたのだ。おのが身の始末は、同時におのが世の始末でもあった。

さ、話はこれでしまいだ。くれぐれも、母や婆には内証にしておくのだぞ。なに、その付け髷を見せろ、だと。それはだめだ。あれはわしが五郎治から貰うたもので、子や孫に伝えるものではない。所在も言えぬ。わしがこっそり冥土に持って行き、手ずから祖父の頭に載せてさし上げる。

そうしてこそ五郎治殿の御始末は、十全に成し遂げられると思うでな。

わしは栗を剝かねばならぬ。さあ、膝から出て、しばらくそばに寄るではないぞ。もう爺に苦労を思い出させるな。おまえはただ、旨い栗飯を食えばよい。

そうだ、それでよい。

＊

砦のように鞏固《きようこ》な、そして蓮の台《うてな》のように平安な曾祖父の膝の感触はありあ

りと覚えているのに、その顔が記憶にないのはどうしたことであろう。

いつ、どのように亡くなり、葬いがどうであったのかも私は知らない。曾祖父はおそらく、子孫の記憶にもとどまらぬほどの、慎ましい人だったにちがいない。

武家の道徳の第一は、おのれを語らざることであった。軍人であり、行政官でもあった彼らは、無私無欲であることを士道の第一と心得ていた。翻《ひるがえ》せば、それは自己の存在そのものに対する懐疑である。無私である私の存在に懐疑し続ける者、それが武士であった。

武士道は死ぬことと見つけたりとする葉隠《はがくれ》の精神は、実はこの自己不在の懐疑についての端的な解説なのだが、あまりに単純かつ象徴的すぎて、後世に多くの誤解をもたらした。

社会を庇護する軍人も、社会を造り斉《ととの》える施政者も、無私無欲でなければならぬのは当然の理《ことわり》である。神になりかわってそれらの尊い務めをなす者は、おのれの身命を惜しんではならぬということこそ、すなわち武士道であった。

人類が共存する社会の構成において、この思想はけっして欧米の理念と対立するものではない。もし私が敬愛する明治という時代に、歴史上の大きな謬《あやま》りを見出すとするなら、それは和洋の精神、新旧の理念を、ことごとく対立するもの

として捉えた点であろう。

社会科学の進歩とともに、人類もまたたゆみない進化を遂げると考えるのは、大いなる誤解である。たとえば時代とともに衰弱する芸術のありようは、明快にその事実を証明する。近代日本の悲劇は、近代日本人の驕《おご》りそのものであった。誰しも父祖の記憶をたぐれば、明治維新という時代がさほど遥かなものではないことに気付き、愕然とする。実はその愕《おどろ》きの分だけ、われわれはその時代を遠い歴史上の出来事として葬っているのである。

おのれを語らざることを道徳とし、慎しみ深く生きた曾祖父を思えば、実名すら憚ってあらぬ物語を書きつづる私は、まこと不肖の子孫である。

さほど遠くはない昔、突如として立ちはだかった近代の垣根の前に、とまどいうろたえながらとにもかくにも乗り越えた人々の労苦を、私はいくつかの物語に書いた。
開き直って、刀を筆に持ちかえただけだと嘯《うそぶ》けば、父祖の魂はおそらく叱る気力も萎えて言うであろう。

理屈を捏《こ》ねるではない、この馬鹿者、と。

解説

細谷正充《ほそやまさみつ》
（文芸評論家）

現在の日本は超高齢社会である。総務省の資料によれば、昨年（二〇二三年）の敬老の日の時点で、総人口に占める高齢者人口の割合は二九・一パーセント。七十五歳以上の人口も、二千万人を突破している。このままいけば遠からぬ未来に、総人口の三分の一が高齢者となるだろう。

などと書くと、悲観的な気持ちになる人もいるかもしれない。だが、このような状況を改革するには、長い歳月が必要だ。今、必要とされるのは日本人の高齢化を前提にして、いかに社会を成立させるかである。人生百年といわれる時代だ。医療の進歩や健康意識の高まりにより、元気な老人は多い。超高齢社会とは、老人が主役となる機会の多い社会でもあるのだ。それだからだろうか。現在、老人

を主人公にした創作が増えているような気がする。個人的には歓迎である。

もともと私は、魅力的な老人が活躍する物語が、昔から大好きだった。かつて出版社に企画を売り込み、老人を主役にした時代小説アンソロジー『江戸の老人力』を上梓《じようし》したこともある。だから光文社の編集者から、老人をテーマにした時代小説アンソロジーの企画を依頼され、大いにやる気になった。『江戸の老人力』とは作家の顔ぶれも一新し、令和の時代に相応しい物語をセレクトしたつもりである。どうか六人の老人たちの生き方を知ってほしい。なお、泉《いずみ》ゆたかの「いくばくも」、志川節子《しがわせつこ》の「ひと夏」、坂井希久子《さかいきくこ》の「ほおずき長屋のお豪」の三作は、本書のための書き下ろし作品である。

「三筋界隈」青山文平《あおやまぶんぺい》

このストーリーは、いったいどこに向かっているのだろう。青山作品を読んでいて、よく思うことである。本作もそうだ。舞台は天明の飢饉《ききん》で、騒然としている江戸。町のあちこちで打ち壊しが起こり、主人公の〝私〟は口入れから用心棒の仕事を紹介してもらっている。ある藩の郡《こおり》奉行だったが、独断で農政を行ったことを罪と認めず、召し放ちになった。四十三歳になって浅草阿部川町《あさくさあべかわちよう》に剣

術道場を開いたが、門弟は居つかない。さらに〝私〟の暮らしているあたりは三《み》筋《すじ》と呼ばれているが、長雨にでもなると、すぐに水が溢れる。

そんな水浸しになった道場の前の道で、私は行き倒れになった武家の老人を助ける。寺崎惣一郎《てらさきそういちろう》と名乗る老人は、只者ではないようだ。〝私〟と差料を交換した寺崎は、何事かを期して道場を辞すのだった。

寺崎老人は、いかなる人生を歩んできたのか。なぜ、クライマックスの行動に出たのか。作者は詳しく記していない。しかしその余白が、物語の味わいになっている。自分を助けてくれた私に報いる寺崎の行動も、果断であるがゆえに胸を打つものがある。その恩義を受け取った〝私〟の心にも感じ入った。本書の冒頭を飾るに相応しい秀作である。

「つはものの女」永井紗耶子《ながいさやこ》
この作家、レベルアップしたな。そう感じる作品がある。作者の場合でいえば、二〇一八年に刊行された『大奥づとめ』だ。大奥で働く女性たちを題材にした短篇集である。完成度の高いストーリーで、さまざまな女性の肖像を、表現していたのである。本作は、その『大奥づとめ』の一篇だ。

大奥で祐筆《ゆうひつ》として働くお克《かつ》は、生家での暮らしから「負けるわけにはいかぬ」を口癖にしている、出世欲の強い女性だ。そんな彼女に、表使《おもてづかい》になるチャンスが訪れる。長年、表使をしていた初瀬《はつせ》が役を退くので、後継者を捜しているというのだ。初瀬の命により、やはり表使になりたい呉服の間のお涼《りょう》と、お克は資質を試されることになる。

主人公はお克だが、彼女を食うほどの存在感を発揮するのが初瀬である。最初は初瀬を頼りなく思っていたお克だが、しだいに大奥という職場で長年にわたり難しい表使を務めてきた、キャリアウーマンの凄味を理解していく。現代の社会で働く女性たちとも通じ合う、江戸のお仕事小説なのだ。

「いくばくも」泉ゆたか

年を取ると、自分の人生の残り時間を、強く意識するようになる。ましてや自分の死期が迫っているなら、あれこれと考えずにはいられないだろう。そう、本作の主人公のように。

湯島《ゆしま》の名医と称された高橋玄信《たかはしげんしん》は、今では医院を息子夫婦に任せ、隠居の身である。ある日、自らの体調などから、己に残された日々は長くても半年ほどだと

認めた玄信。亡き妻のことを思ったりして過ごしている。そんな玄信だが、権太（ごんた）という少年を治療したことを切っかけに、母親の澄《すみ》を知った。澄が聡明なことに気づいた玄信は、彼女に女医になることを勧める。

死期を悟った老人が、女性の導きの星となりながら、自分の人生を振り返る。短い枚数の中で、歳月の重みを感じさせる巧みなストーリーだ。なお作者は、デビュー作での小説現代長編新人賞受賞のスピーチで「働く人」を書きたいといっていた。時代小説・現代小説を問わず、働く女性を数多く描いているところに、泉作品の特色があるといっていい。そうした働く女性像が、女医になることを決意した澄に託されている。一貫した創作の姿勢は、大いに称揚すべきものである。

「ひと夏」志川節子

老人をテーマにした時代小説アンソロジーと聞いたとき、反射的に作者の某短篇が頭に浮かんだ。しかし、すでに他のアンソロジーに採っていることに気づき、しぶしぶ断念した。それだけに作者の書き下ろし作品を入れられたことが喜ばしい。もちろん優れた物語である。

板橋宿《いたばししゅく》にある湯屋「扇湯《おうぎゆ》」は、弥平《やへい》とおろくの老夫婦と、娘婿の壮吉《そうきち》の三人

で回している。弥平とおろくの一人娘だったおみさは、三年前の夏に急逝。その後も壮吉は「扇湯」に残ってくれているが、いつまでも今のままではいられないだろう。さらに他の湯屋に客を取られ、弥平とおろくは廃業を考えるようになる。しかし壮吉が反対したことで、弥平は彼に新たな嫁を迎え、「扇屋」を継いでもらおうとする。だが、おろくは、壮吉の態度に疑問を抱いていた。

本作の主人公は、おろくである。夏になると娘を失った悲しみと悔恨《かいこん》が疼《うず》きだす。湯屋も体も、ガタがきている。そんなときに持ち上がった騒動を、温かな場所に着地させる、作者の手際が鮮やかだ。年を取っても、年齢に関係なく生きていれば前に進むことができるという、大切なことを教えてくれるのである。

「ほおずき長屋のお豪」坂井希久子

現代小説で活躍していた作者は、二〇一六年の『ほかほか蕗ご飯　居酒屋ぜんや』から始まる文庫書き下ろしシリーズにより、本格的に時代小説に乗り出した。本作は、そんな時代小説家・坂井希久子の実力が遺憾なく発揮された捕物帖《とりものちょう》である。

長谷川町《はせがわちょう》のほおずき長屋で、日銭貸しのお豪《ごう》婆さんが殺された。死体の脇に

はなぜか、添い寝するように年季の入った市松《いちまつ》人形が置かれていた。この事件を追う定町廻り同心の橘幾馬《たちばないくま》は、お豪の人生をたどり、意外な下手人に行き着く。被害者の生前の足跡を調べるうちに、現在とは違う肖像が浮かび上がってくる。ミステリーでよく使われるパターンだ。それを作者は捕物帖でやってくれた。吝《りん》嗇《しょく》で嫌われ者だった金貸しの老婆の、実像はいかなるものだったのか。幾馬の探索により徐々に明らかになる、お豪の人生が読みどころになっている。

さらに事件が解決した後、もうひとつのエピソードを加え、作者は人間を理解することの難しさを明らかにする。短篇とは思えないほどの、深い物語。これを皮切りに、ぜひともシリーズ化してほしいものだ。

「五郎治殿御始末」浅田次郎

ラストはベテラン作家の名作に登場してもらおう。明治元年生まれの曾祖父から〝私〟が聞いたかもしれない話。それは曾祖父の岩井半之助《いわいはんのすけ》と、彼の祖父の五《ご》郎治《ろうじ》の物語である。

代々桑名《くわな》藩士の岩井家だが、半之助の父親は北越《ほくえつ》の戦で死んだ。尾張《おわり》藩士の家から嫁いできた母親は、半之助の姉を連れて在所に戻った。維新時に尾張藩が桑

名藩と敵対関係になったからであろう。明治になり役所勤めをしていた五郎治は、仕事もないのに城にしがみついている元桑名藩士の整理（今でいうリストラ）を任され、人々の恨みを買う。その整理も終り、職を辞した五郎治は半之助を連れて、死に場所を求める旅に出る。

武士が消えゆく時代に、武士として生き、死のうとする五郎治を、孫の半之助の視点で活写する。「それにな、苦労は忘れてゆかねばならぬ。頭が忘れ、体が覚えておればよい。苦労人とは、そういう人のことだよ」といったような、含蓄《がんちく》のある言葉をちりばめた、起伏に富んだストーリーを堪能したい。読み終わった後、浅田作品ならではの、厳《おごそ》かな感動を覚えることだろう。

主役もあれば脇役もある。だが、すべての物語から、老人たちの魅力が伝わってきたはずだ。どれも素晴らしい作品なので、じっくりと読んでいただきたい。

なお蛇足《だそく》であるが、昨年末に私は還暦を迎えた。いよいよ老人の仲間入りである。そのような時期に本アンソロジーの編者を務めたことに、感慨深いものがあった。もちろん体力などは若い頃に比べて落ちているが、今まで積み重ねてきた経験で幾らでも補える。最低でもあと十年は、ガッツリ働くつもりだ。というこ

とを、この解説を書きながら、あらためて考えていた。もし高齢者の方が本書を読んで、私と同じような思いを抱いていただけたなら、アンソロジスト冥利《みょうり》に尽きるのである。

志川節子（しがわ せつこ）

1971年、島根県生まれ。2003年、「七転び」でオール讀物新人賞を受賞し、デビュー。著書に「芽吹長屋 仕合せ帖」シリーズ、『春はそこまで』『かんばん娘』『煌《きらり》』『博覧男爵』『花鳥茶屋せせらぎ』『アンサンブル』などがある。

坂井希久子（さかい きくこ）

1977年、和歌山県生まれ。2008年、「男と女の腹の蟲」（「虫のいどころ」解題）でオール讀物新人賞を受賞し、デビュー。著書に「居酒屋ぜんや」「江戸彩り見立て帖」シリーズ、『若旦那のひざまくら』『妻の終活』『花は散っても』『華ざかりの三重奏』『何年、生きても』などがある。

浅田次郎（あさだ じろう）

1951年、東京都生まれ。1991年、『とられてたまるか！』でデビュー。著書に『地下鉄《メトロ》に乗って』『鉄道員《ぽっぽや》』『壬生義士伝』『お腹召しませ』『中原の虹』『終わらざる夏』『帰郷』『大名倒産』『流人道中記』『兵諌《へいかん》』『母の待つ里』などがある。

【著者紹介】

青山文平（あおやま　ぶんぺい）

1948年、神奈川県生まれ。2011年、『白樫の樹の下で』で松本清張賞を受賞し、デビュー。著書に『鬼はもとより』『つまをめとらば』『江戸染まぬ』『泳ぐ者』『底惚れ』『やっと訪れた春に』『本売る日々』などがある。

永井紗耶子（ながい　さやこ）

1977年、神奈川県出身。2010年、『絡繰り心中』で小学館文庫小説賞を受賞し、デビュー。著書に『華に影　令嬢は帝都に謎を追う』『横濱王』『女人入眼』『商う狼　江戸商人 杉本茂十郎』『木挽町のあだ討ち』『とわの文様』『きらん風月』などがある。

泉　ゆたか（いずみ　ゆたか）

1982年、神奈川県生まれ。2016年、『お師匠さま、整いました！』で小説現代長編新人賞を受賞し、デビュー。著書に「お江戸けもの医 毛玉堂」「お江戸縁切り帖」「幽霊長屋、お貸しします」シリーズ、『髪結百花』『おっぱい先生』『君をおくる』『おばちゃんに言《ゆ》うてみ？』『横浜コインランドリー』などがある。

出典

「三筋界隈」　『春山入り』（新潮文庫）
「つはものの女」　『大奥づとめ　よろずおつとめ申し候』（新潮文庫）
「いくばくも」　書下ろし
「ひと夏」　書下ろし
「ほおずき長屋のお豪」　書下ろし
「五郎治殿御始末」　『新装版　五郎治殿御始末』（中公文庫）

光文社文庫

時代小説アンソロジー

いくつになっても　江戸《えど》の粋《いき》

編　者　細《ほそ》谷《や》正《まさ》充《みつ》

2024年２月20日　初版１刷発行

発行者　三　宅　貴　久
印　刷　堀　内　印　刷
製　本　ナショナル製本

発行所　株式会社　光　文　社
〒112-8011　東京都文京区音羽1-16-6
電話（03）5395-8147　編　集　部
8116　書籍販売部
8125　業　務　部

ISBN978-4-334-10216-6　Printed in Japan

組版　萩原印刷

光文社文庫最新刊

用心棒稼業　芋洗河岸(2)	佐伯泰英
パラダイス・ガーデンの喪失	若竹七海《ななみ》
或るギリシア棺の謎	柄刀《つかとう》一《はじめ》
海神《わだつみ》	染井為人
一億円もらったら	赤川次郎
ちびねこ亭の思い出ごはん　かぎしっぽ猫とあじさい揚げ	高橋由太

光文社文庫最新刊

令和じゃ妖怪は生きづらい　現代ようかいストーリーズ	田丸雅智
異変街道　上・下　松本清張プレミアム・ミステリー	松本清張
彼岸花　新装版	宇江佐真理
いくつになっても　江戸の粋	細谷正充・編
仇討ち　隠密船頭㈩	稲葉　稔

とりあえずの殺人　新装版　赤川次郎
馬疫　茜灯里
女童　赤松利市
白蟻女　赤松利市
黒衣聖母　芥川龍之介
女神　新装版　明野照葉
田村はまだか　朝倉かすみ
満潮　朝倉かすみ
平場の月　朝倉かすみ
にぎやかな落日　朝倉かすみ
スカートのアンソロジー　朝倉かすみリクエスト！
実験小説ぬ　浅暮三文
三人の悪党　完本　浅田次郎
血まみれのマリア　完本　浅田次郎
真夜中の喝采　完本　浅田次郎
見知らぬ妻へ　浅田次郎
月下の恋人　浅田次郎

13歳のシーズン　あさのあつこ
一年四組の窓から　あさのあつこ
明日になったら　あさのあつこ
不自由な絆　朝比奈あすか
奇譚を売る店　芦辺拓
楽譜と旅する男　芦辺拓
おじさんのトランク　芦辺拓
松本・梓川殺人事件　梓林太郎
信州・善光寺殺人事件　梓林太郎
小倉・関門海峡殺人事件　梓林太郎
小布施・地獄谷殺人事件　梓林太郎
悪漢記者　安達瑶
鄙の聖域　安達瑶
天国と地獄　安達瑶
名探偵は嘘をつかない　阿津川辰海
星詠師の記憶　阿津川辰海
透明人間は密室に潜む　阿津川辰海